런던의 길고양이

런던의 길고양이

ⓒ 이제이, 2022

초판 1쇄 발행 2022년 5월 1일

지은이   이제이
펴낸이   이기봉
편집   좋은땅 편집팀
펴낸곳   도서출판 좋은땅
주소   서울특별시 마포구 양화로12길 26 지월드빌딩 (서교동 395-7)
전화   02)374-8616~7
팩스   02)374-8614
이메일   gworldbook@naver.com
홈페이지   www.g-world.co.kr

ISBN 979-11-388-0905-4 (03810)

런던의 길고양이

이제이 지음

여행, 도시, 사람, 길고양이
그리고 사는 것에 대한 이야기

좋은땅

 런던에서 시작한 여행은 바르셀로나와 비엔나에서 일주일을 지내다 다시 런던으로 돌아와 일주일 정도를 더 머물게 되었다. 에어비앤비를 통하여 딸이 친구들과 사는 집 가까이에 내 숙소를 얻었다. 가운데 마당이 있고 집들이 빙 둘러 있는 ㅁ 자 형태의 빌라였다. 창을 통해 누가 오가는지 어느 집 아이들이 놀고 있는지 어떤 쇼핑백을 들고 귀가하는지가 다 보이는 재미있는 형태였다. 오전에 그 집의 육중한 대문을 나서면 늘 보이는 작은 고양이 한 마리가 있었다. 첫날 이 아이를 보고 무언가를 주고 싶어서 도로 집안으로 들어가 비엔나 공항에서부터 들고 온 먹다 남은 비스킷을 들고 나왔다. 멀찌감치에서 그 아이가 먹는 것을 바라보았다. 거기는 주택가인지라 길냥이인지 집냥이인지 알 길이 없었다. 그다음 날 아침, 또 그다음 날 아침에도 그 아이는 늘 거기에 있어서 물도 떠다 주고 잘 먹는지 지켜도 보면서 한참을 그 아기 곁에서 시간을 보냈다. 이상하게 발길이 떨어지지

4

가 않았다. 그렇게는 단지 며칠만 할 수 있을 뿐 이제 떠나가야 하는 때가 다가오는지라 여간 마음이 쓰이는 것이 아니었다. "콩 알아~ 콩알아~" 정말 검정 콩알처럼 새까맣고 작은 아기였다. 떠나오는 날, 공항이 아직 먼 그린 파크 역에서 딸아이를 내리게 했다. 비행기를 알아서 잘 타고 갈 것이니, 굳이 멀리까지는 갈 필요 없이 볼일 보라고 거기에서 작별 인사를 했다. 내일부터는 밥을 챙겨 줄 사람이 없을 콩알이 밥을 좀 부탁해!라는 말을 할 수는 없었다. 딸아이도 이틀 후면 이 년 동안 살아온 런던을 떠나 대만으로 돌아가기 때문이었다. '괜히 또 정을 주었나…….' 하는 생각과 이제는 정말 길고양이들에게는 마음을 쓰지 말고 살자! 라고 굳게 결심을 했다. 계속 보살펴 주지 못한다면 무책임하게 다시 버려지는 거나 마찬가지일 테니.

2년 만에 다시 런던으로 가야 한다. 딸아이의 대학원 졸업이 있기 때문이다. 지금 나는 열 한 마리의 길고양이들에게 밥을 주고 있는데, 2주일 동안 어쩌나? 하면서 자꾸 고민을 하게 된다. 남편과 강아지 네 마리와 살고 있지만, 나는 여행을 가고, 남편은 아주 먼 다른 도시에서 일을 하느라 집에는 사람이 없을 예정이다. 집 앞 자동 사료기에 가득 채워 놓고 간다 해도, 집에서 이백 미터쯤 떨어진 하수구 구멍에 사는 삼 남매 아기 고양이들의 밥은 어찌해야 하는지, 늘 그 궁리를 하고 있다.

 런던에서 떠나올 때 길고양이 밥 걱정을 하더니, 또 런던으로 떠나야 하는 지금 이곳 달라스의 집 근처의 길고양이 밥 때문에 걱정이다. 이웃들이 길고양이가 자꾸 늘어나는 이 상황을 싫어할 수도 있다고 생각하니 부탁을 해 볼 엄두도 안 난다. 길고양이에게 밥을 주는 것이 불법이라고 한다. 이 예쁜 고양이들 배를 골려야 하나? 내가 아침저녁으로 밥을 주러 갈 적마다 귀여운 뜀박질로 마중을 나오는 아이들이다. 길고양이들은 어쩌면 이리도 고독하고도 외로운 존재들인 것인지. 이 아이들을 볼 적마다 안쓰럽다.

 지금 내가 살고 있는 미국 중부 텍사스의 시간은 밤 9시가 다 되어 가고, 캐나다 토론토의 아들아이의 시간은 10시가 다 되어 간다. 그리고 영국의 런던에 사는 딸아이의 시간은 새벽 3시이다. 가족이지만 사는 나라도, 사는 시간도, 살아가는 모습도 다 다르다. 나는 한때 대만에 살았었다. 19년을 산 것이 참 오래 살았다고 생각했는데, 미국 생활도 어느덧 15년째가 되어 가고 있다. 아들은 캐나다가 살고 싶은 나라였고 딸은 영국이 살고 싶은 나라였다. 우리 가족은 각자 저마다 살고 싶은 나라에서, 하고 싶은 일을 하며 살아간다. 그리고 아주 가끔 얼굴을 본다.

눈에서 멀어지면 마음마저 멀어진다는 말은 자식에게는 해당이 되지 않는다.

나는 내 자식들을 사랑하는 힘으로 세상을 살아간다. 아이들을 낳고 기르고 사랑했던 시간은 내 인생에서 가장 아름답게 빛나는 시간이었다. 내 자식들과의 애틋한 인연과 또 세상의 모든 일상적이고도 소중한 인연으로 내 인생은 채워져 가고 있다.

나는 내 평범한 생의 이야기를 하고 싶다. 길고양이들과 자식 같은 강아지 네 마리와 그리고 런던과 뉴욕과 토론토와 타이베이, 내 생의 한 자락이 머물렀던 그 시간들의 이야기를. 하지만 또 특별한 이야기는 아니다. 너무도 사소하고도 작은 콩알 같은 이야기들이다.

목차

1

텍사스에 사는 사람

그리고 여행에서
돌아오다

여행의 여운은 여전하다. 지난 3주일 동안 다른 대륙을 헤매다 온 내 몸과 마음은 텍사스의 달라스 호숫가에서 갈피를 못 잡고 있다. 어쩌면 이렇게도 딴 세상인가 싶다.

이리도 조용하고, 이리도 적막하다니. 여행에서 막 돌아오면 늘 이 얌전한 달라스가 별로이다. 또 시간이 지나고 여행의 여운이 점점 희미해지면 다시 더없이 편안하고 안락한 나의 보금자리 달라스가 될 예정이다. 늘 그래 왔듯이.

정신을 가다듬을 새도 없이 나의 사이버 대학 3학년 2학기가 시작되었다.

런던의
길고양이

내가 85학번이니 무려 34년 만에 편입을 했다. 어느 날 문득 '노느니 장독 깬다.'라는 말이 떠오르더니, 주체할 길 없이 남아도는 시간, 더 이상 돌볼 필요없이 커 버리고 독립해 버린 아이들, 꽤나 오랜 시간을 빈둥빈둥 보냈는데, 공부나 하자라는 생각이 어느 날 갑자기 들었다. 집안에서 할 수 있는 사이버 대학 중, 내가 다닌 학교를 선택해 편입을 했다. 무언가를 해야만 할 것 같은 불안한 마음도 달랠 겸.

전공은 영어 과인 데다 그냥 깊은 고뇌 없이 영어를 좀 더 번듯하게 잘해 봐야 하지 않겠나 하는 생각에 택했다. 미국에 살면서 한국의 영어 온라인 수업을 듣다니, 뭔가 좀 이상하지만, 내가 가장 고단하지 않게 공부하는 법이 이거였다. 미국의 대학으로 편입했다면 나는 머리를 쥐 뜯어 가면서 공부한다고 나를 괴롭힐 게 뻔했다. 영어는 해도 해도 내 모국어나 중국어처럼 편해지지 않는다. 여행의 여운이 여전해도 나는 이제 수업을 들어야 한다. 쇠락해진 집중력의 기운을 모아야 한다.

나의 왔다 갔다 하는 인생에 대하여

　나는 자주자주 혼자 살게 되었다. 어쩌다 보니 장기 여행자가 되어 토론토에서, 런던에서, 뉴욕에서, 타이베이에서 살게 되었던 것이다.

　나는 그 각각의 도시의 3평 남짓한 작은 공간, 월세방에서도 온전한 삶을 살았다고 생각한다. 몸이 누울 수 있는 침대가 있고, 노트북을 올려놓던 책상이 하나 있었고, 아이패드나 스마트폰이 늘 나와 함께였으며 내게 필요한 건 포크 하나, 숟가락 하나, 냄비 하나, 후라이 팬 하나, 밥공기 하나, 접시 하나였다. 그리고 책이 두 권 정도는 있었고 옷은 열 벌 정도였을 것이다. 그럼에도 불구하고 먹고 자고 씻고 입으며 일상생활을 하는데 불편한 건 하나도 없었다. 어느 한때는 그렇게 백화점의 명품이나 브랜드 쇼핑에 목숨을 걸고 해대더니 그렇게 살지 않아도 하나도 불편하지 않았다. 그렇게 세상 단출하게 살고 늘 혼자 있어도 삶은 계속되었고 만족스럽기까지 했다. 하지만 대만 집은 또 대문에서 저 끝의 채소밭까지는 이천 평이 넘었고, 자전거도, 스쿠터도 자동차도 얼마든지 활보를 할 수 있는 넓이의 마당을 가진 집이었다. 거실에는 두 개의 소파 세트가 필요했고 각 나라의 예쁜 그릇들이 장식되어 있던 다이닝 룸, 그리고 방 5개, 화장실 3개의 거대한 집이었던 것이다. 그 후 미국에 오자마자 장만한 집도 역시 적당한 크기의 앞뜰과 뒤뜰의 잔디는 늘 푸르렀고 수선화와 장미가 일년 내내 번갈아 가며 피었다. 네 식구가 각각 자기만의 공간에서 서로 모른 척을 하고 살아도 될 만큼 널널한 크기의 아주 예쁜 집이었다. 큰 집에서 살아도, 겨우 방 한 칸에 살아도 나의 삶은 계속되었고, 오히려 단출하게 사는 때가 나 자신에게 충실하며 살 수 있었던 시간이었다. 이상하게도 나의 행복은 집 평수와 반비례했다. 드넓은 집에 살 때에는 늘 어떤 전의에 활활 불타올라 나는 내가 늘 조마조마했다. 하루하루가 참 복잡다단했다. 일도 많고 탈도 많았다. 신경을 써야 되고 예민해져야 할 일투성이였다. 그와 반대로 사는 공간이 작아지고 가지고 있는 물건 수들이 적어지니 오로지 내 생각만 하면 되었고 갈

등의 평수도 그만큼 줄어들게 되었다. 당연히 버려야 할 쓰레기들도 줄었다. 삶이 아주 가벼워졌다. 지금은 아담한 집에 남편과 강아지 네 마리와 살고 있다. 그래서 그런지 딱 적당하게 나를 사랑하며 살고 있다. 소박하게 사니 불안도 불만도 없다. 좀 낮아지고 작아지니 안전지대의 안락감마저 느끼게 된다. 많은 것을 가진다고, 많은 것을 누린다고 꼭 행복하고 편안한 삶은 아니구나……. 딱 내가 감당할 만큼만 가지며 사는 걸로 욕심을 줄이니 마음이 오히려 넓어진 것만 같아 좋다.

런던의
길고양이

❧반은퇴 후,
할머니들 돌보기

  예전에 계획한 나의 인생 지도가 있었다. 그때는 미국에 막 와서 비지니스를 두 개나 운영하며 정말 발바닥에 땀이 날 정도로 열심히 살 때였다. 50대 초반이 되면 모든 걸 다 정리하고, 일은 파트타임 정도만 하고 자원봉사를 하면서 좀 느슨하게 살겠다고 계획을 했었다. 아들아이가 대학을 캐나다로 가면서 내가 하던 모든 비지니스는 저절로 정리가 되었다. 그리고 꽤 오랫동안 그냥 놀았다. 여행이나 다니며. 그날도 집에서 놀다가 적십자사에서 하는 caregiver(간병인) 온라인 클래스를 즉흥적으로 들었고, 6시간의 수업 끝에 시험을 보고 증명서도 바로 이메일로 받았다. 내가 계획하였던 파트타임과 자원봉사가 한꺼번에 해결이 되었다. 이 일을 택한 건 우리가 캠핑카를 타고 온 전국을 돌아다니며 살자고 계획을 했었기 때문이다. 한 6개월씩 사는 곳을 바꾸어 가며. 하지만 풍경 좋은 곳에서 그냥 놀기만 하는 신선놀음도 하루 이틀이지 무위도식의 나날들은 생각만 해도 숨이 막혔다.

내가 에이전시를 통해 소개받은 85세 할머니들은 모두 좋은 분들이셨다. 보통 미국 노인이건 한국 노인이건 간에 좋은 마음으로 시작했다가 금세 그만두게 되는 일이라고 들 했었는데, 다행히도 교양 있고 인품 좋은 분들을 만나 2년째 일을 하고 있다. 할머니 집을 각각 일주일에 한 번 방문해서 병원에 모시고 가서 통역을 해 드린다. 운전을 하실 수도 없고, 가족들은 있지만 모두 직장 다니느라 바쁘니, 내가 운전기사 겸 병원의 통역을 해 드린다.

이옥자 할머니는 내게 일주일에 한 번 밥을 같이 먹자고 하셨다. 병원 일정이 있으면 집에서 병원으로 모시고 갔다가 한인타운의 식당으로 함께 밥을 먹으러 가곤 하는데, 일이기도 하고 재미있기도 하면서 뭔가 의미를 갖는 시간이라는 생각이 들었다. 원래는 할머니가 밥값을 다 내시겠다는 걸, 나도 내가 사 드리는 게 편하다고 하니, 결국 서로 번갈아 격주로 밥값을 내기로 했

런던의
길고양이

다. 이 할머니와 나는 밥 친구가 되었다. 김정순 할머니와는 늘 병원에 모시고 가야 하고, 대체적으로 거리가 멀어서 꽤 오래 함께 차를 타고 있어야 하니, 드라이브 친구인 셈이 되었다.

케이트 할머니는 코네티컷이 집이고, 아들이 사는 달라스 가까이로 어려운 이사를 오신 것이다. 나이가 많아서 언제 하늘나라로 갈지 모르는 데, 아들과 너무 오래 떨어져 살았다는 생각이 들어서였다고 하셨다. 그렇다고 한 집에 살지는 않았다. 사진으로 보면 아들의 집이 꽤 크고 독신으로 혼자 사는데도 불구하고 할머니는 시니어 리빙에 홀로 살고 계셨다.

일주일에 3일만 외출하고 이 세 분을 서너 시간 정도 돌보아 드리고 받은 돈은 통장에 차곡차곡 모았다가 여행 경비로 쓰고, 다시 편입해서 공부하는 대학의 학비를 낸다. 그리고 런던의 딸아이와 토론토의 아이들에게 아마존으로, 우버잇츠로 맛있는 걸 배달시켜 준다. 딱 요 정도만 벌어도 나는 내 삶에 크게 만족을 한다. 내게 사람을 잘 돌보는 재능이 있다는 걸 알게 되었고 아무것도 안 하는 것보다는 훨씬 값진 시간임이 분명하다.

✿길고양이에게서
   배운 사랑

 길고양이들에게 밥을 주기 시작한 지 1년 8개월쯤 되었다. 하수구를 배회하던 한 마리에서, 우리 집 앞뜰의 사람들 눈치 보느라 뛰어다니기 바쁜 앙상한 새끼 고양이 형제와 그 엄마, 또 다른 외톨이 녀석까지. 하수구 구멍의 아이가 아기들을 낳아 의젓한 엄마가 되더니, 앞뜰에서 밥을 먹고 가는 아기도 또 아기들을 낳은 모양이었다. 엄청난 대식구가 되었고, 나는 드라이 사료나 고기 캔들을 사다 나르기에 바쁘다. 아침저녁으로 챙겨 주는 밥을 허겁지겁 먹는 아이들의 뒷모습을 보고 있자면 마음이 다 흐뭇해진다. 내 끼니를 거르는 한이 있더라도 이 아이들을 챙겨 주고 싶다는 마음이 아주 간절하게 들 정도이다. 아이들의 밥 먹는 모습을 보고 있는 것은 나에게는 중독이 심한 취미 생활이 되어 버렸다. 물론 마음이 아프기도 하다. 현실적으로 모든 아이들을 내 집에 데려다 키울 수는 없는 일이고, 어찌 되었던 자기들이 알아서 살아가야만 하는데 안전하고 배고프지 않은, 그리고 행복한 삶을 누렸으면 좋겠다. 혹시 내가 전생에 빚을 지었던 그 누구들이 현생에서는 이렇게 내 주변의 길고양이로 태어났는지도 모를 일이다.

고양이들에게 주는 관심과 사랑에는 어떤 조건과 기대가 없다. 아니 내가 주는 밥으로 잠시라도 배부른 행복을 느끼기를 바라는 이 마음도 기대인 걸까? 그래도 "내가 준 밥을 먹고 내일은 물고기 몇 마리를 잡아다 줘야 해. 나 외로울 때 전화를 해 줘." 이런 조건이 전혀 없다. 그저 무조건적이고 보기만 해도 안쓰럽고 귀여운 모습이 사랑을 느끼게 한다. 사람과 사람 사이는 과연 조건 없는 사랑이 가능할까를 생각해 본다. 그 대상이 설령 자식일지라도 크고 작은 어떤 기대를 하게 된다. 하지만 고양이나 강아지에게서는 그 무엇도 기대를 할 수 없으니 그냥 덮어놓고 사랑하게 된다. 나는 길고양이 덕분에 사랑을 배웠다. 한때 무지막지하게 들어가는 사료값 때문에 고민이 되기도 하였지만 내게 사랑이 무엇인지를 가르쳐 주고 있는데 한 달에 백 불쯤 드는 그 애들의 밥값은 문제도 아니다. 일요일 오전에만 하고 있는 커피

숍 파트타임 일을 5시간에서 10시간으로 더 늘리면 된다. 그래도 여전히 기쁜 마음으로 할 수 있을 것 같다. 이 나이에 진정한 사랑을 길고양이들 덕분에 하게 되다니 이마저 감사한 일이다.

남편의 파라다이스

　누구나의 꿈은 다 귀하다. 살아가는 것이 무엇일까? 자신의 꿈을 이루기 위해 살아가는 것은 아닐까? 가족을 위해 희생하고 살아온 세월이 있다면 이제 자신만을 위해 살아갈 세월 또한 가져야 한다. 남편은 시골에서 살고 싶어한다. 이제 은퇴를 코앞에 둔 그에게 이 도시 안의 컨트리 클럽에서 고연봉의 부사장 자리를 제안받았지만 그는 그 어떤 미련과 여지도 주지 않고 거절을 했다. 나는 왜 그렇게 야멸차게 그걸 거절하느냐고 진정 안타까워했다. 그런 그가 택한 곳은 무려 집에서 운전해서 3시간 떨어진 깊숙한 시골의 컨트리 클럽의 제너럴 매니저 자리이다. 나는 얼른 이해를 못 했다. 너무 멋지고도 권위적인 자리를 마다하고, 가기도 쉽지 않은 머나먼 시골의 광활한 클럽은 먼지만 풀풀 뒤집어쓰고 세상의 시간이 멈추어 있는 듯한 느낌이 들기 때문이다. 광활한 목장과 함께 있는 헌팅 클럽은 그 안에 살고 있는 소가 700마리, 수백 개의 풍력 바람개비가 돌아가는 만 이천 에이커의 땅이다. 새로 짓고 만들어 내야 하는 생고생이 뻔한데 그는 그렇게 살고 싶어한다. 나는 흙먼지가 이는 시골길이 싫은데 그는 그 흙바람을 사랑하고 황량한 들판에서 안심을 얻는다. 남편에게는 불굴의 개척 정신이 있는 것이 틀림없다. 미완성의 땅에서 새로운 무언가를 만들어 내는 것에 기쁨과 희열을 느끼는 연쇄 개척자임이 틀림없다.

그가 살고 싶어하는 인생을 살 수 있도록 나는 응원과 지지를 보태 주고 싶다. 나와는 다르지만 이해는 충분히 할 수 있을 것 같다. 기대와 흥분과 열정을 이미 쏟아붓는 그에게 당신이 행복하면 그걸로 됐다고 말한다. 그의 파라다이스에서 개척의 재능을 마음껏 펼치며 사는 은퇴 후의 삶이 되기를 바란다. 원래는 함께 그 시골로 이사를 가서 사는 계획이었으나 강아지 두 마리씩을 나누어 따로 살기로 했다. 주말에는 집으로 돌아오겠지만, 나는 도시의 집을 지키며 또 두 마리의 강아지, 코코, 블루와 단출하게 살 것이다. 서로 좋아하는 일을 하며 그렇게 사이 좋게 나누어 살자고 했다. 나는 홀로 사시는 내 아버지도 돌봐 드려야 하고, 열댓 마리의 길고양이들에게 밥도 주어야 하고…… 여

기는 나의 파라다이스이고 그의 파라다이스는 흙먼지 풀풀 나는
광활한 시골인 것이다.

2

유럽 방랑 일기

🐾런던에 도착하다

 새벽 6시에 런던 히드로 공항에 도착했다.

 딸아이에게는 천천히 오라고 하고, 먼저 카페로 가서 런던에
서의 첫 커피와 샌드위치를 먹었다. 그사이 폰의 유심 칩도 바꾸
고, 사람 구경도 하며…… 두 시간 정도가 지나자 딸아이가 도착
했다. 일 년 만에 다시 좁디좁은 튜브를 탔다. 비가 내려서 버킹
검 궁전이 가까운 그린 파크 역에 내려 우버를 타기로 했다. 작
년에 이어 재방문한 딸아이의 방이었다. 정리정돈을 깔끔하게
하고 있는 것도 여전했고 넓은 창으로 내려다보이는 다른 집들
의 정원 풍경도 여전했다. 가져간 재료로 김밥과 떡볶이를 많이
만들어 놓았다. 그 집에는 딸아이 말고도 홍콩, 대만의 또래 하
우스 메이트들이 3명이나 더 있었다. 오후가 되어 혼자 택시를

타고 에어비앤비로 예약해 놓은 웨스트민스터로 떠났다. 집 앞에 정확하게 도착은 잘했는데, 황당하게도 그 집이 아니라 다른 곳이라고, 다른 사람이 곧 갈 거라고 기다리라는 전화를 받았다. 어이가 없었다. 다른 집이라니? 나는 택시를 타기 전부터 계속 문자를 보내고 있었는데, 그럼 미리 주소를 보내든가 하지. 머리에 스팀이 스멀스멀 올라왔다. 열받아서 왜 에어비앤비의 내용과 다르냐? 왜 주소가 다른 데냐 막 따지려고 씩씩거리며 있는데 마중을 나온 사람은 뜻밖에도 70대 정도되는 초로의 할머니이셨다. 자신의 딸이 보냈다며 이탈리아에서 이민을 왔다고 했다. 분기탱천한 마음과는 달리 이런저런 얘기를 하며 20분쯤 걸려 도착한 곳은 다행스럽게도 집이 참 좋았다. 걸어서 5분도 안 되는 거리에 웨스트민스터 사원이 있고, 부자들만 살 것 같은 고풍스러운 분위기의 주택가였다. 방도 욕실도 다른 주민들과 함께 사용하는 공동 정원도 아주 깨끗했다. 한 가지 단점은 내 방의 창문은 코팅되어 있지 않아 건너편의 도서관과 서로를 들여다볼 수 있었다. 얼굴 표정이 다 보일 정도였다. 원래들 이런 투명감으로 사나? 하는 생각이 다 들었다.

저녁을 먹으러 나갔다가 동네 구경을 하며 한참을 돌다 보니 웨스트민스터 다리 위까지 올라가게 되었다. 빅벤도 거기 있었다. 지난해와 마찬가지로 아직도 공사 중이었다. 영국의 분식점 itsu에 들어가 치킨 데리야끼를 저녁으로 먹었다.

달라스에서 휴스턴으로, 휴스턴에서 런던의 히드로 공항으로, 템스 강을 건너 딸아이의 집엘 갔다가, 앞으로 3일을 지낼 웨스트민스터와 다시 템스 강변까지 무박 2일이 이렇게 지나고 있었다.

먼 길이었지만 그래도 모든 것이 순조로워 감사한 여행이 시작되고 있었다.

런던의
길고양이

런던 일기

런던에 가게 되는 건 늘 딸아이 때문이었지만 나는 대부분의 시간을 혼자서 보냈다. 딸아이가 직장을 다니고 있었기 때문이다. 딸아이는 생전 내 걱정을 하지 않는다. 아무리 낯선 런던, 복잡한 런던에서도 알아서 척척 버스도 타고 튜브도 타고 못 하는 게 없는 엄마라고 생각하는 것 같았다. 배가 고파도 아무데나 쑥 들어가서 먹을 거 다 먹고 커피도 알아서 챙겨 마시고, 뭐 쇼핑은 말할 필요도 없이 알아서 그냥 다 하는 엄마.

다양한 박물관이나 미술관을 그날의 내 기분대로 구경하는 재미가 아주 삼삼했다. 런던이 매력적으로 느껴지는 이유가 그거 때문일지도 모른다는 생각을 했다. 혼자서 쏘다니면서 정신의 결핍을 채우면 되는 거였다.

추운 날, 옥스퍼드 거리에 새까만 까마귀 떼들이 모여든 것 같은 진풍경은 모두 퇴근을 하고 집으로 바로 귀가하지 않는 사람들의 모습이다. 그렇게 서서 이야기를 나누는 것이었다. 겨울에는 검정색 코트를 입는 사람들이 압도적으로 많으니 길거리가 다 시커멓다. 길거리에서 술을 마시면서 끝도 없는 이야기를 나누는 풍경을 볼 적마다 "영국 사람들도 참 집에 가길 싫어하나 보네? 곧장 집으로 가지 않는 건 한국 남자들만 그러는 것이 아니야"라고 했다.

런던 시내를 쏘다니다 다리가 아프면 카페에 들어가곤 했다. 나는 단지 크로와상 하나와 커피를 마시고 있을 뿐인데 종업원들은 계속 와서 물었다. 뭐 필요한 거 없느냐고, 괜찮냐고. 노땡스, 정말 다 괜찮다고⋯⋯. 다정도 병인 양하여, 영국 사람들이 이렇게 친절할 거라고는 생각을 못 했다. 하도 뉴욕 사람들의 불친절과 무례함이 습관이 되다 보니 코스모폴리탄도 다 그럴 거라고 지레짐작을 했던 것이었다.

같은 영어를 쓰는 사람들이지만 분명히 기질상의 차이는 있다. 영국 사람들은 무심한 듯 배려를 한다. 거의 무뚝뚝하게 느껴질 정도이지만 도움이 필요한 사람에게는 기꺼이 그리고 충분

런던의
길고양이

히 친절을 베푼다. 미국 사람들은 열정적인 친절을 베푼다. 카메라를 들고 서 있는데 다가와서는 자기가 찍어 주겠다는 사람을 참 많이 만난다. 가게에 들어갔다가 현금이 없어서 못 사게 되면 (카드를 안 받는 가게일 경우) 뒤 사람이 자기가 내주겠다고 하며 선뜻 돈을 내어 준다. 영국 사람들은 조용한 배려를 하고 미국 사람들은 뜨거운 배려를 한다. 영국은 과묵하고 미국은 호탕하다. 나는 호탕은 못 하고 과묵에 가까운데 어떤 식으로든 친절은 우리의 삶을 풍요롭게 하는 가장 쉬운 방법이라는 생각을 한다. 일단은 불안한 마음을 떨쳐 낼 수 있는 것, 이게 어디인가.

비도 오고 몹시도 추운 날, 트라팔가 광장의 분수대에선 한 남자가 바께스를 들고 물속을 허우적대며 들었다 났다를 반복했다. 뭐지? 하는 궁금증에 가던 길을 멈추고 자세히 보니 그는 물속에 깔린 동전을 건져 올리는 중이었다. 사람들은 꼭 분수만 보면 동전을 많이 던져 댄다. 내가 분수 귀신이라면 그런 사람들 소원은 특히 안 들어줄 것 같다. 아니 소원은커녕 재채기를 열 번쯤 하는 벌을 내리고 싶을 것 같다. 시도 때도 없는 소원 타령에 쓸데없이 동전들만 던져 대고 그리고 누군가는 그 동전을 건져 내어야만 한다. 그럼 저 사람이 공무원인가? 분수 관리하는 공무원? 아니면 그걸로 돈벌이를 하는 사람? 혹시 봉이 김선달 같은? 너무 열심히 바께스와 사투를 벌이고 있는 그가 정말 궁금해서 누군가에게 물어보고 싶을 정도였다. 하지만 그 광경을 지켜보고 있는 사람은 나밖에 없었다. 얼마나 건져 올리는지, 춥지는 않는지 그런 게 궁금한 사람은 과연 나 하나밖에 없는 건지? 볼 것도 많고 가 봐야 할 곳도 많은 트라팔가 광장에서 그러고 있었다. 나는 ⋯⋯.

내셔널 갤러리에서는 요셉이 형들에게 시샘을 받아 상인에게 팔려가는 것을 그린 그림 앞에서 한참을 서 있었다. 등을 돌리고 있는 형들 중의 하나인 인물의 핑크빛 하의에 탄력성이 어마어마하게 느껴져서 "이거 레깅스 맞지?" 하며 뚫어져라 바라보게 되었다. 분명코 맨살은 아닌데 스타킹에 가까운 고탄력 레깅스가 저 시대에도 있었다니, 이 대단찮은 물건이 이리도 긴 역사를 가지고 있나 하는 생각을 했다.

'저 시대의 룰루레몬급이다.'라는 생각을 했다. 레깅스를 입고 운동도 가고 비행기도 타고 쇼핑도 가고 사람도 만나러 가는 애용인인지라 그게 또 그렇게 눈길을 끌었다.

영국에서 가장 오래된 해로드 백화점을 찾아간 것도 혼자였다. 백화점은 역시 해로드이지. 그냥 그런 것 같다. 백화점의 전

설이 해로드인 것만 같다. 선물로 무얼 살까, 비스킷? 차? 초콜 릿? 누구 하나 내 선물을 기다리는 사람들은 없지만 그래도 그 냥 사가고 싶었다. 예쁜 선물용으로 포장된 것들이어서 비스킷 도, 차도, 쿠키도 하나 가득 샀다. 그다음 날은 딸아이와 함께 애 프터눈 티타임을 하러 다시 해로드로 향했다. 어마어마하게 부 티 나는 중동 여인들이 쇼핑백을 하나 가득 들고 백화점을 종횡 무진하고 있었다. 옆으로 스쳐 지나기만 해도 막 금 부스러기들 이 떨어질 것 같은 황금빛 부내였다. 미녀이면서 부자인 건 아무 리 히잡으로 꽁꽁 싸매도 감춰지지 않는 모양이다.

저녁으로 딸아이는 짜장면을 먹고 싶다고 해서 짜장면을 먹은 적이 있다는 한식집을 찾아갔더니 이제는 더이상 팔지 않는다고 해서 김치볶음밥과 순두부찌개를 시켜 먹었다. 몇 날 며칠 동안 우리는 음식을 맛으로 먹지 못하고 남겨질 기억을 위해 먹는 것 만 같았다. 옥스퍼드 거리의 분식집에서는 가래떡이 딱 네 가닥 들어 있는 떡볶이를 먹었고, 코벤트 가든의 한국 식당에서는 개 밥그릇에 담긴 비빔밥을 먹었다. 내 돈 주고 불쾌함을 사 먹는 느낌이었다. 그래도 차이나타운 안의 월남 국숫집이 맛있어서 다행이긴 했지만 런던은 이상하게 음식들이 한결같이 맛이 없었 다. 이 음식, 저 음식 다 무언가 부족한 듯한 맛이 났는데 나중에는 아마도 물맛이 그런 거는 아닐까 하는 생각이 들었다. 하지만 베이커리의 페스츄리들은 맛있었는데, 그러니까 버터는 맛있고 물은 맛이 없는 동네일지도 모르겠다는 생각을 했다. 그런데 애프터눈 티를 꼭 챙겨 마시는 나라의 물맛이 별로 일리가?

우리는 Tower of London엘 갔다. 옛 왕궁이었던 곳으로 템스강변에 자리하고 있다. 앤 불린이 끌려갔다는 감옥의 입구에서 나는 또 한참을 서성거렸다. 아주 불길하게 시커멓고 육중한 문이 자물쇠까지 걸려 있어 한 여인의 비극을 상기시키고 있었다. 헨리 8세가 종교 개혁을 감행하면서까지 결혼했던 앤 불린, 그러나 그녀가 왕비로 행복하게 살았던 날들은 3년 남짓이라고 해서 천일의 앤이다. 높지 않은 탑에 갇혀서 무심하게 흘러가는 템스 강물을 바라보다 슬픔과 상심에 하룻밤 사이에 머리가 새하얗게 세어 버렸다는 그녀. 사랑도 권력도 모든 것이 헛된 것이라고 느꼈을 것만 같다. 그녀의 딸이 바로 잉글랜드 최고의 전성기를 이루었다는 엘리자베스 1세이다. 그리고 약간 가라앉은 푸른색, 블루한 푸른색을 앤 블루라고 하기도 한다. 사람들은 그렇게 천일의 왕비가 되었던 앤이 애통했는지 귀신으로 환생을 시키기도 하였다. 그 드라마틱한 역사의 자리에 나는 서 있었던 것이다.

봄에 런던에 머물 때는 첼시에 숙소를 얻었었다. 프랑스에서 이민 온 켈리와 그녀의 어린 딸 둘이 사는 아파트였다. 엄마는 일을 하느라 낮에는 집에 없고, 학교 다녀온 그 집 딸 에린을 데리고 맥도널드에 가서 햄버거를 같이 사 먹기도 하였다. 자기 엄마를 닮은 갈색 피부가 아주 예쁜 아이였다. 늦은 오전에 시내를 나가기 위해 길을 나서서는 종종 템스 강변의 다리 위를 걷고는 하였다. 동네를 이리저리 돌아다니다 사치 갤러리(Saatchi Gallery)를 발견했다. 이름도 특이한 이 갤러리에 대한 애정을 가지게 된 건 어느 날 인터넷 기사를 보고서였다. 한국의 어느 초로의 여성 화가가 사치 갤러리에서 전시회를 하는데 영국의 공작님과 찍은 사진을 봤다. 그 화가의 그림도 화려하게 멋졌고, 그 화가의 화사한 미모와 연로한 공작님도 훤칠하니 멋있어서 '아, 이 사치 갤러리는 너무너무 멋진 곳인가 보다. 나도 이런 데서 전시회를 한다면 소원이 없겠다.'는 생각을 했었다. 나는 그림을 그리는 사람도, 예술가도 아니지만 덮어놓고 꾸는 꿈이었다. 사치 갤러리는 나에게는 환상의 파라다이스 같은 곳으로 새겨지게 된 것이다. 오죽하면 사치 갤러리 사이트에 멤버로 가입을 해 매주 정기적인 이메일을 받는다. 내게 그림 솜씨만 있다면 내 작품을 그 사이트에 올려 온라인 전시를 통해 판매를 할 수도 있는 것이다. 문제는 내가 갤러리를 사랑한다고 예술가의 재능이 절로 따라오는 것은 아니라는 것이다. 환상 속의 미술관이 아닌 실제의 사치는 생각보다는 소담했고 현대적이었다. 실험적이고 정통의 틀을 깬 젊은 작가들의 작품들이 전시되고 있었다. 그중에 내가 가장 좋아하는 그림은 '바케트를 들고 가는 소녀'였다. 밝고 귀여운 그림이었다. 이제는 화려해서 좋은 게 아니라 작고 창의적인 작품들이 있는 공간이라 좋아졌다.

아, 채링 크로스! 나는 버스를 타고 지나가다 소리를 질렀다. 오래전 대만에서 감명 깊게 읽은 책 중의 하나가 바로 『84, Charing Cross』였었고, 책과 서점 인연, 오랜 세월에 관한 내용이지만 상상력을 자극하기에 충분하였다. 뉴욕에 사는 무명작가이며 애서가인 지은이 헬렌 한프가 런던의 중고 서점으로 책을 문의하는 서신을 보내면서 그들의 아름다운 인연은 시작된다. 그시절 내가 읽었던 것은 물론 중국어판이었는데, 책에서 손을 놓지 못하고 읽고 또 읽고 하였다. 버스에서 내려 84번지를 찾아가니 그 자리에는 맥도널드가 들어서 있었다. 그래도 감격적이었다. 매번 그 채링 크로스를 지날 적마다 마치 나에게 굉장히 중요한 곳인 듯 울컥하고는 해서 손을 들어 하이!를 했다. 저자의 마지막 당부는 그곳을 지나게 된다면 서점에게 키스를 보내 달라고 하였지만 나는 대신 손을 흔들었다. 그들의 아름다운 인연을 위하여. 특히 인상 깊게 남은 대목은 헬렌이 물자 부족의 어려운 시기를 지나는 런던 사람들, 즉 서점 직원들에게 햄, 통조림, 스타킹 같은 선물들을 보내곤 하는 장면이었다. 그들은 20년 가까이 편지를 주고받았지만 만난 적은 없었다. 서로 사는 곳은 다르지만 따뜻한 인간애를 아낌없이 나누는 것에 대해 많은 생각을 하게 하였다. 동네 책방의 한 구석에서 발견한 책 한 권을 읽고 그 장소에 가 보고 책 속의 세월과 서정을 느껴 보는 것, 참 즐거운 일이다. 나는 이런 책 안의 장소를 따라다니는 것이 행복하다.

굿 바이 런던

런던을 떠나온 날, 우리는 튜브 안에서 작별 인사를 고했다. 그냥 보내면 또 아쉽지. 20파운드를 손에 쥐어 주며 가서 쉐이크 쉑 햄버거 사 먹으라고 했다. 아이는 눈 주위가 빨개지며 울려고 했지만 나는 애써 담담하게 "see you soon."이라고만 했다. 언제나 언제나 씨 유 순. 오늘 헤어지지만 또 만날 테니 씨 유 순. 내가 하는 인사법이지만 참 마음에 든다. 이별을 슬프다고 하면 슬픈 일이 너무 많고, 자꾸자꾸 슬퍼진다. 헤어질 때 되면 '아, 곧 만날 날이 또 가까워지는구나.'라고 생각하기로 했다. 자식과 헤어지는 게 가슴 아프지 않은 엄마는 이 세상 어디에도 없을 것이다. 아파도 괴로워도 너는 나의 딸. 언제나 엄마가 사랑한다는 걸 잊지 말아라. 나의 어여쁜 딸!

런던의
길고양이

공항에 도착해서 출국 심사를 다 마치고, 면세점에서 구경을 하는 사이 내가 마지막으로 묵은 게스트 하우스 주인의 메시지가 왔다. 방을 깔끔하게 정리해 주어서 고맙고, 내가 있는 동안 사실은 직업을 찾느라, 인터뷰를 보러 다니느라 집에 대해 신경을 쓸 수가 없었다고 미안하다고 했다. 그제서야 나는 그녀가 처음으로 친근하게, 마치 인생의 후배 같다는 생각이 들었다. 어려움을 겪고는 있지만 그래도 곧 극복할 수 있는 용기를 가진 인생의 후배. 나 있는 동안, 욕실은 엉망이었고, 화장지는 댕강 끝 부분만 매달린 채 몇 날 며칠이 지나기도 했었다. 내가 변비이길 천만다행이었다. 수건들과 각가지 용품들은 자기 자리를 찾지 못해 삐뚤빼뚤 어수선하기 짝이 없었다. 원래는 4살짜리 아들이 있다고 했는데 아이의 모습은 보이지 않았다. 방 안에서 자고 있다고는 했지만 일주일 내내 아이 인기척을 느낄 수 없었다. 뭔가 어려움이 있구나……라고 짐작만 할 뿐이었다. 일자리를 찾으러 다닌 거였구나. 그제서야 이해가 갔다. '괜찮아요. 이해해요. 그리고 곧 좋은 날이 올 거예요.'라고 답을 보내니 다시 한번 메시지가 왔다. 고맙다고, 그래도 런던에서 좋은 시간이었기를 바란다고 집에 잘 돌아가라는 내용이었다. 잘 지냈다. 물론이지. 비엔나에서 돌아와서는 최대한 딸아이의 시간을 방해하지 않고, 또 둘 다 쉴 시간이 필요해 혼자만의 시간을 잘 보냈다. 내가 지냈던 빌라는 나에겐 처음 보는 특이한 구조였고 아주 예쁜 집이기도 했다. 또 덕분에 런던의 길고양이 콩알이를 만나 밥을 주고 오손도손 정도 나눴다. 비록 그것이 아주 짧은 시간이라 할지라도. 그리고 매일 혼자 나가 미술관과 박물관과 거리를 실컷 돌아다녔다. 런던은 그렇게 혼자 다녀야 제맛이 나는 곳이었다.

나에게 만약 살 곳을 정해서 살 수 있는 선택권이 주어진다면 그곳은 바로 런던이 될 것이다. 런던 사람들의 말수 없는 친절함과 호주머니가 가벼워도 마음껏 구경할 수 있는 박물관과 미술관, 복잡한 도시를 걷다가 우연하게 발견하게 되는 오아시스 같은 작은 공원들, 다양한 문화와 인종들의 공존, 또 오래된 것과 새로운 것들이 만나 어우러지는 조화, 기차를 타고 인근 유럽 국가로 여행을 갈 수 있는, 매력이 철철 넘치는 땅이다.

런던의
길고양이

행복한 바르셀로나

8월의 중순이 지나는 무렵, 우리는 바르셀로나에 있었고, 좀 일찍 서둘러서 가우디 공원에 갔다가 등산을 하듯 수많은 계단과 비탈길을 걸어 평지로 내려와 몬주익 언덕으로 가는 버스를 탔다. 예전에는 투우장이었다가 투우가 금지되면서 쇼핑몰로 바뀌었다는 아레나 쇼핑몰(Centro Comercial Arenas De Barcelona)로 들어가 점심을 먹기 위해 둘러보는데, 일식 우동집은 있어도 한식집은 눈에 보이지 않아 실망스러웠다. 할 수 없이 일식당에 앉아 먹을 수밖에 없었다. 바르셀로나에서 한식집을 해야겠는 걸. 라면도 팔고, 비빔밥도 팔고, 김치볶음밥에, 김치찌개에, 떡볶이에, 김밥에…… 상상은 언제나 즐겁다. 이 나라의 습기 찬 날씨와 딱 어울리는 게 한식 아니겠어? 스페인 사람들도 좋아하겠는데……. 식사 후 쇼핑몰을 둘러보니, 쇼핑몰은 어디나 다 똑같다라는 말이 절로 나왔다. 저 나라에 있는 브랜드들이 이 나라에도 있고, 물건들도 다 똑같고. 애플, 자라, 유니클로, 빅토리아 시크릿, 망고, 맥도널드, 스페인 여행을 하기 위한 준비로 스페인어를 아주 기초적인 몇 마디를 외웠었는데, 생각보다 많이 도움이 되었다.

바르셀로나에 도착한 날, 뭔가 굉장히 익숙한 분위기가 무얼까를 한참을 고민하다가 밤이 되고, 주택가 골목을 쏘다니다 알게 되었다. 타이베이하고 분위기가 너무 닮았다는 사실을. 오토바이 소음과, 사람들의 시끄러운 말투, 자유분방한 옷차림, 그러면서도 순박함과 공기와 습도와 하다못해 오밤중에도 이어지는 소음의 행렬, 아파트 베란다의 풍경과 주택가의 대문, 밖에서 보이는 건물의 스타일. 딱 타이베이였다. 마지막 날 저녁으로 감바스를 먹고 그동안 수차례 오갔던 람브란스 거리와 고딕 스퀘어를 눈에 다시 담았고, 지하철로 들어서며 이 매력적인 거리에게 손을 들어 작별 인사를 건넸다. 조만간 다시 돌아오겠어. 즐거운 시간이었어. 고마워요. 바르셀로나! 멋진 도시 바르셀로나!

바르셀로나의 저택

바르셀로나에서 우리가 4박 5일 동안 묵은 에어비앤비 하우스는 위치도 집도 너무 멋졌었는데, 집 주인이 방치를 하고 있어서 안타까운 마음이 다 들었다. 인테리어도 고급스럽고 방 안의 가구들도 엔틱스러운 것들이라 게스트 하우스로서는 최고라는 생각이 내내 들었었다. 도착한 날, 관리자인지 주인의 친구인지 알 수 없는 호세는 영어를 단 한 마디도 할 줄 몰라 의사소통이 불가능하고, 자꾸 자기에게 말 시키지 말라고 도망을 다녔다. 주인과 문자를 주고받는데, 그 역시 영어를 못 하는지 구글 번역 앱을 사용하고 있었다. 영화에서나 보던 중앙에 아치형의 계단이 있고 천장이 높고 막 희한한 장식품들이 있는 대저택인데, 정리는 안 되어 있어서 어수선했다. 다음 날 아침, 나갈 준비를 하려고 욕실을 왔다 갔다 하는데, 주인으로 보이는 남자가 방문을 열어 놓고 자다가 팬티 바람으로 느닷없이 튀어나와 스페인어로 반갑다는 것인지 악수를 청했다. 눈을 어디에다 두어야 할지 몰라 엉거주춤 악수를 할 수밖에 없었는데, 생각보다 아주 젊은 남자, 스페인의 국민 가수 홀리오 이글레서스의 아들을 닮은 얼굴이었다. 원래 그 나라 남자들은 다 그렇게 생긴 건지는 모르겠는데, 멀쩡하게 생겨서 팬티 바람으로 반갑다고 악수를 청하다니. 그러고 보니, 거기 사람들은 그렇게 속옷 바람으로 아무렇지도 않게 잘 다녔다. 끈적끈적한 해양성 기후라 그럴 수밖에 없는 것 같았다.

집으로 들고 날 적마다 "아휴 이 멋진 집을 이렇게밖에 관리를 못 하다니?" 또 오지랖 병이 도져 버려 진정 안타까웠다. "이거 내가 관리하면 정말 멋진 게스트 하우스로 재탄생할 수 있을 것 같아." 딸아이는 귀담아듣지도 않았다. 내가 그렇게 말하는 건, 누군가 자기는 스페인에서 게스트 하우스 하는 것이 일생일대의 소원이라고 했다. 그렇게 스페인이 멋지고 좋은 곳인가? 하는 마음이 스페인 여행을 하게 된 이유 중 하나였기 때문이다. 저 주인 총각을 만나면 한번 제안을 해 봐야겠어. 나를 게스트 하우스 관리자로 고용하고, 저 엔리케 이글레서스는 그냥 세나 받으면서 파티파티나 하라고.

나는 대만과 한국, 미국에서 오는 교양 있고 예의 바른 여행객들로 이 하우스를 더욱 더 빛나게 할 지이니. 어쩌고, 저쩌고…… 집만 보면 생각이 났다가 또 밖에 나가 있으면 잊어 먹고 하다가 그 빤스 바람의 엔니오는 그 후로 단 한 번도 마주치질 못했다. 아니 사람을 못 보았다. 늘 딸과 둘뿐이었다. 떠나는 날은 새벽 5시 15분의 첫 지하철을 타고 공항으로 가느라 그 생각마저도 못 했다. 자주 얼굴을 보았더라면 그런 제안을 해 볼 수도 있었을 텐데, 하늘을 봐야 별을 딴다는 그 별이 되어 버리고 말았고 나도 새까맣게 잊어버렸다. 그리고 리뷰에 딸아이는 더운데 에어컨도 없었고, 팬도 없었다고 별로 안 좋게 평을 써 놓아 버렸다. 내가 다른 사람이 소원이라는 이 대저택의 게스트 하우스의 관리자 꿈을 꿀 동안 딸아이는 더워서 환장할 지경이었나 보다.

스페인이 코로나로 엄청난 불행에 빠져 있을 때 나는 그 나라 사람들을 응원했다. 잘 이겨 낼 것이라고. 호탕하고, 진취적이고, 시끄럽고, 명랑한 스페인 시민들은 그 어떤 고난도 잘 이겨 낼 것이라고.

가우디의 바르셀로나

나는 바르셀로나에서 지내는 5일 동안 거기 사는 사람들이 정말 부러웠다. 도시 자체가 고풍스러운 멋진 분위기라서 그렇기도 했지만 바르셀로나에만 있는 가우디의 예술 작품들을 그곳 사람들은 언제든지 감상할 수 있다는 것이 정말 부러웠다. 도시 곳곳에 가우디는 살아 숨쉬고 있었다. 그가 사망한 지 백 년이 가까이 됐음에도 불구하고. 인생은 잠시이고 예술은 영원하다라는 말과 사람은 죽어 이름을 남긴다는 말이 다 가우디에게 해당되는 것이 아닌가 싶다. 세상에서 가장 아름다운 건축물로 손꼽히는 사그라다 파밀리아 대성당은 아직도 건축 중이다. 내 기억으로는 2226년에 완공되는 걸로 알고 있다. '신은 서두르지 않는다.'라고 그가 말한 것처럼.

런던의
길고양이

그가 부자들을 위해 설계한 아파트였다는 까사 밀라를 구경하는 동안 내 일생을 통틀어 가장 멋진 예술가의 전람회였다고 몇 번이나 같은 말을 반복했다. 그만큼 감동적이었다. 그가 빚어낸 우주의 삼라만상이 그 빌딩의 꼭대기에서 펼쳐지고 있었다. 혼자 감상하기 아까워서 내가 사랑하는 사람들이라면 언젠가는 꼭 데리고 와서 보여 주겠다는 야무진 꿈을 꾸기도 했다. 꿈을 꾸기 딱 알맞은 곳이었다. 유튜브를 찍느라 앞길을 오랫동안 가로막고 카메라 앞에서 눈치 없는 미소를 흩날리는 여자들이 있어도 다 용납이 되었다. 거긴 그렇게 특별한 곳이라서······.

 가우디는 평생을 독신으로 살았다. 그에게도 젊은 시절 사랑하는 여인이 있기는 했지만 그건 그냥 짝사랑으로만 그쳤다고 한다. 그 후로 내내 그는 홀로 건축 설계에만 몰두하며 살다가 사그라다 파밀리아 공사 현장 근처에서 전차에 치여 홀대당하고 방치되어 죽음을 맞았다. 그는 죽기 전 이렇게 말했다고 한다. "옷차림을 보고 판단하는 이들에게 내가 이런 곳에서 죽는다는 것을 보여 주게 하라. 그리고 난 가난한 사람들 곁에 있다가 죽는 게 낫다." 거장의 죽음은 그렇게 허망했다. 그 말은 마치 지금의 우리에게 하는 말인 듯싶기도 하다. '진실이 없으면 예술은 있을 수 없다.'라고 한 그의 말 속에 그의 철학이 담겨 있다. 구엘 파크의 그가 생전에 살았다는 공간에 가 보면 무척이나 세련되고 독특한 디자인의 욕실이 있다. 그는 '직선은 인간의 선이고, 곡선은 신의 선이다.'라는 신념을 가지고 있었고 모든 그의 작품에는 자연 친화적인 디자인으로 가득 차 있다. 바르셀로나의 시민들은 괴로워도 슬퍼도 외롭고 행복하고 즐거워도 언제나 가우디를 볼 수 있다는 사실만으로 그들이 부러웠다.

런던의
길고양이

❀피카소 미술관에서

바로셀로나의 번화가인 람블란스와 고딕 콰터 가까이에 피카
소의 미술관이 있다. 나는 피카소 미술관에서 구경만 실컷 하고
는 아무것도 사지 않았는데 그때는 여행을 가벼운 마음과 손으
로 다니겠다는 의지의 발로이기도 했지만, 지나고 보니 왜 거기
까지 가서 멋진 그림 하나 사오지 않았나 하는 후회가 자꾸 들었
다. 바라던 대로 손은 아주 가볍게 여행했지만 마음엔 아쉬움이
생각보다 크게 남게 되었다. 그러니 뭘 안 사는 게 꼭 좋은 것만
은 아니라는 궤변을 다 하게 된다. 피카소는 열정적이고 건강하
고 에너지가 넘쳤었는지 정말 헤아릴 수 없이 많은 작품들이 그
의 미술관에 전시되어 있다. 한결같이 "나는 피카소요!"라고 자
부심과 정체성이 확실한 존재감으로 말이다. 피카소는 세상 어
디에서나 자주 만나게 된다. 그때마다 그의 모습은 다르다. 내가

본 런던의 테이트 미술관에서 피카소는 아주 점잖은 신사였으며 또 어디에선가는 동네 양복점 아저씨 같기도 하고 어디에선가는 서커스 단원 같기도 하고 또 어디에서는 티브이 출연을 하고 있는 코미디언 같은 모습이기도 했다. 이토록 다양한 모습의 예술가라니. 그래서 그의 작품이 그리도 멋지고 매력적인가 보다. 누가 봐도 피카소, 딱 봐도 피카소들이 세상천지에 깔려 있다.

피카소 미술관의 가장 인상적이었던 장면은 엉뚱하게도 요가를 하는 남녀 한 쌍이었다. 그다지 크지 않은 미술관의 한쪽 구석의 잔디에서 남자는 누워 있고 여자는 그 위에 물구나무서기를 서로의 손을 맞잡고 하고 있는. 나는 피카소를 구경하다 말고 그걸 입을 헤 벌리고 구경을 했다. 나도 요가를 사랑하지만 그런 건 흉내도 못 내어 볼 것 같아서 어디 가서 요가를 한다는 소리도 하지 말아야겠다는 생각이 들었다. 피카소를 구경하러 왔다가 요가의 요상한 경지를 구경한 셈이 되었다.

런던의
길고양이

🐾 홈리스의 강아지

    바르셀로나의 번화한 거리 람브라스를 매일같이 걸어 다니며, 그때마다 우리는 Forne Del Pi라는 이름의 베이커리에 들러 츄러스도 먹고 커피를 마시고 아이스크림도 먹고 하였다. 샌드위치와 각종 디저트 종류들이 많아 거기에 앉아 거리를 구경하기에 딱이었다. 그 가게 바로 옆에는 홈리스들이 자리잡고 있었는데 내 눈길을 끈 것은 그들의 강아지였다. 몹시도 끈적거리고 더운 날씨에 길거리에 그렇게 방치되고 있는 말 못 하는 짐승이 너무 가엾다고 느껴져서 자꾸만 눈길이 갔다. 혹여나 그 아이에게 시원한 물을 주인이 마시게 해 줄까 싶어 그들에게 돈을 주고는 하였다. 강아지 너무 귀엽다고 하면서……. 정말 순하디순한 강아지였다. 주인이 그러고 있다고 자기도 그 옆을 떠나지 않고 딱붙어 있었다. 그러고 있는 모습도 가슴 아프게 느껴졌지만, 강아지 주인이나 강아지나 걱정이 없는 얼굴들로 그냥 그러고만 있는 것이 저게 그들의 행복이겠거니 했다. 그냥 길 지나는 이방인이 뭘 안다고 걱정을 하겠는가? 사람 홈리스는 걱정이 하나도 안 되고 관심조차도 없는데 홈리스의 강아지는 자꾸만 마음이 쓰여 오며 가며 일부러 들여다보고는 하였다. 어련히 알아서 잘들 살아갈까. 나는 혹시 전생에 강아지와 고양이를 괴롭히고 학대하던 못된 심술쟁이가 아니었을까? 아니면 동물 농장 관리인? 아니면 고양이나 강아지였을지도. 왜 그렇게 그들에게 연연해 하는지 모르겠다. 항상 그래 왔던 것은 아니고, 어느 날 갑자기 내 눈과 마음에 이 동물들이 들어온 것이다. 그러니 바르셀로나에서도 남의 강아지가 더운데 고생할까 봐 걱정이 태산이었다.

✿바르셀로네타
(Barceloneta)

바르셀로나 해변가 지역을 바르셀로네타라고 한다. 도시 자체로도 이미 멋진 데다 바다까지 아주 가까이에 있다. 완전 금상첨화, 다시없을 천국 같은 도시가 아닌가 싶었다. 람브라스 거리에서 버스를 타고가도 되고 그냥 슬슬 걸어 가도 금방 당도한다. 오후 내내 이 바닷가의 모래사장 위에서 시간을 보냈다. 딸아이는 그 와중에 책을 챙겨 와 모래사장 위에서 독서를 하고, 나는 바다 구경과 사람 구경을 했다. 내 바로 앞에 여자는 홀라당 다 벗고 일광욕을 즐기고 있었고 아무도 그걸 눈여겨보지 않았다. 나만 선글라스 낀 눈으로 흘끔흘끔거리며 혼자 남사스러워했다. 해변가 주변엔 식당과 카페가 즐비한데 우리는 아이스크림 집에 들러 "우나 커피, 우나 스트로베리" 하며 주문을 했다. 주인 아주

머니와 그 딸로 보이는 여학생이 장사를 하고 있었는데 인상이
아주 좋았다. 바르셀로나 해변가에서 예쁜 아이스크림 집을 하
는 행운은 어떤 사람들이 가지는 건지 궁금해 이야기를 좀 하고
싶었지만 아주머니는 영어를 전혀 못 했다. 그냥 그라시아!를 외
치며 많이 파시라는 의미로 따봉까지 해대며 떠나왔다. 구경하
다 사진 찍다 걷다가 또 가게 안에 들어가 구경을 하다가 결국은
우리는 아침을 시작한 람브라스 거리로 다시 돌아왔다. 홈리스
와 강아지는 여전히 그 자리에 있었고, 우리는 그 거리의 유일한
중국 식당에 들어갔다. 아까는 아이스크림 가게를 하는 중국인
들이 부럽더니, 요번에는 중국 음식점을 하는 바르셀로나 거주
민인 이들이 또 신기했다. 중국 사람이 어찌 스페인의 바르셀로
나까지 와서 짬뽕을 팔고 볶음밥을 파는지⋯⋯. 골목골목을 배
회하다 첼로를 켜는 아주 예술적으로 잘생긴 남자의 연주를 뭐
에 홀린 듯 구경을 하였는데 슬며시 딸아이가 걱정이 되었다. 혹
시 저 남자에게 홀딱 반하는 거 아니야? 가슴 설레는 거 아니야?
연주도 훌륭하고 예술가는 정말 용모가 배우 뺨치게 멋졌지만
내 딸이 가슴 설레하지는 말았으면 좋겠다는 김칫국 드링킹을
좀 했다. 혼자 드라마 한 편을 만들고 있었다.

망신살이 뻗친
비엔나

바르셀로나에서 비엔나로 건너온 날, 모든 게 다 순조로웠다. 생소한 독일어이지만 길 지나면서 반복되는 글자들이 무엇인지 감이 잡혔다. 길을 Straße이라고 하네. Bohnhoff는 기차역이라는 말이구나. 커피는 Kaffee, 초코렛은 Schokolade. 다 좋았다. 에어비앤비도 더없이 훌륭했다. 깨끗하고 예술적이며 거기다가 덤으로 게이적이기까지 하다니. 쉬었다가 숨을 돌리고 근처의 슈퍼 마켓을 찾아가니, 대만 라면이 거기에 있어서 그것마저도 훌륭했다. 비엔나에 왔으니 비엔나소시지를 먹어야지. 야채도 좀 넣고 끓이고, 달걀도, 오스트리아 과자도 먹어 봐야지. 과일도 먹어야……. 늘 게 눈 감추듯 먹어대는 도넛 복숭아를 한 팩 샀다. 캐셔들에게 큰 소리로 당케라고 했다. 라면을 배부르게 먹고 또 잠을 잤다가 저녁 무렵에 시내로 나가 보기로 했다. 방향을 잘못 짚어 시내에서 변두리로 나가는 트램을 탔는데, 가도가도 마리아 데레사 동상도 국립 오페라 극장도 안 보였다. 운전사에게 물어보니, 이거 타고 도로 나가면 된다고 했다. 전철의 종착역 주변은 레트로 분위기가 물씬 풍겼다. 웅장한 건물들이 보이고 시내 특유의 화려함과 분주함이 보이고, 또 마리아 테레지아 플라자라고 해서 나는 내릴 준비를 했다. 야무지게 손을 뻗쳐 문 위의 벨을 꾹 눌렀는데, 귀청이 떨어질 것같이 요란스러웠다. 나도 놀라고, 눈이 마주친 금발의 여학생도 놀라고. 3초쯤 있다가 온 전철 안의 사람들이 박장대소를 하기 시작했다. 운전사는 헐레벌떡 무슨 일인지 뛰어오고, 얼굴이 벌개져 무슨 일이냐고, 이걸 왜 눌렀느냐고 난리였다.

"나 내릴려구요. 이거 벨 아니에요? 이거 왜 이러는 거예요?" 사람들은 웃음을 그칠 줄을 모르고 특히 앞에 앉았던 남자는 거의 요절복통 난리를 치고, 딸아이도 덩달아 몸을 비틀며 웃어댔다. "너라도 웃지 마." 꼬집었더니 또 그걸 가지고 더 웃어댔다. 한 번 터진 웃음보들은 정신을 못 차리고 있었고, 운전사는 당황해서 괜히 왔다리 갔다리 하고 나는 땀이 삐질삐질 나는데다 그 시간이 영원의 시간 같았다. 이 지옥은 도대체 언제 끝나나 싶었는데, 이번엔 경찰들이 무장을 하고 나타났다. 또 차 안의 사람들이 뒤집어졌다. 다들 눈물이 나도록 웃고들 있었다. 도대체 마리아 테레지아 플라자 앞에는 언제 데려다줄 건지. 미쳐 죽을 것 같아 나중에는 고개를 푹 숙이고 손끝을 대면 이 모든 사람들이 얼어 버리는 엘사가 되고 싶다는 생각도 들었다. 이 순간을 얼려 버릴 수만 있다면. 무슨 사람들이 생전 웃을 일이 없다가 한 3년 치를 모아서 웃는 것처럼 계속 웃어대고 지네들끼리 난리도 아니었다. 문 밖으로 뛰어내리고 싶은데, 그러면 운전사가 정말 화를 낼 것 같아 참았다. 드디어 트램이 움직이고 역에 도착해서 문이 열리자마자 쏜살같이 뛰어내렸다. 내리자마자 딸에게 왜 너는 그렇게 웃었냐고 화를 버럭 내었더니, "그럼 사람들이 웃는데 안 웃는 것도 이상하잖아. 거기서 안 웃으면 더 이상하지."라고 웃음기가 싹 가신 얼굴로 딸이 정색을 하며 말했다. 마침내 마리아 테레지아의 동상이 보였다. 잘생긴 말들이 끄는 마차들이 거리에 즐비했다. 건너편 미술관 로비에서는 흥겨운 음악과 파티가 한창이었다. 딸아이는 배가 고프다고 거리에서 파는 핫도그 줄에 가서 섰다. 노점상인 줄 알았더니 호텔에서 운영하는 것이었다. 새벽에 바르셀로나를 떠나 비엔나까지 무사하고 못 잊을 여행이 되어 버렸다.

비엔나의 행복한 밤

비엔나의 밤, 바이올린 연주가 너무 멋져서 행복하게 느껴진 밤이다.

"저렇게 잘생기고 예쁜 짓만 할 것 같은 다정함에 자기 일을 즐기고 사랑하는 게 거리의 타인들 모두에게 느껴질 정도라면 평생을 바이올린만 켜고 돈 같은 건 안 벌어 와도 그 부인은 행복할 것도 같넹~ 그러니 꼭 돈이 제일 중요한 것도 아냐."라는 말이 절로 나왔다.

연주를 잠시 들었을 뿐인데, 그냥 나를 일깨우는 뭔가가 있는 밤이다. 비엔나의 밤은 좋다. 모두들 잠 안 자고, 궁궐 앞에서 괜히들 서성거린다.

딸아이가 거리의 음악가가 연주하는 바이올린에 멜로디에 감동해 눈물을 흘리며 행복하다고 했다. 음악도 음악이지만, 그의 연주하는 모습이 정말 인상적이었다. 시종일관 잃지 않는 얼굴의 미소, 연인인지 아내인지 바로 곁의 여성에게 끊임없이 눈을 맞추며 하트를 발사하고 있었다. 그 모습이 정말 보기 좋았다. 항상 인생은 태도의 문제이다. 누구나 다 인생이 쉽지 않지. 하지만 나의 파트너가 노력해서 예쁜 짓을 해 주면 그만큼 더 보답을 해 주고 싶은 게 인지상정이고, 그런 마음으로 살아가게 되는 거다. 말 한마디라도 좀 곱게 하고 곱게 못 하면 상식적으로라도 하고, 그냥 보통은 해야 한다고 생각하면서 살아가면 갈등이 어디 있겠고 미움이 어디 있겠는가? "다 노력하지 않는 무성의가 불행을 만들고, 오늘의 연인이 내일의 원수가 되는 거야. 삶의 태도, 사람을 대하는 태도, 그 시간과 공간에 대한 태도를 좀 성의 있게 사용하렴." 거의 열변급으로 딸아이에게 이야기했다. '태도가 적절하지 못한 사람들이 많아서. 그렇다고 음악하는 남자, 거리에서 첼로 켜고, 바이올린 켜는 남자 만나 결혼하라는 얘기는 절대로 아냐.' 어쩌고저쩌고……. 그런 감동이 넘치는 밤이었다. 비엔나 너무 좋은 것 같아. 잘 온 것 같아.

비엔나는 막 사람을 무장 해제를 시키네. 공항에서는 입국 심사를 하지 않고, 누구 하나 여권을 보려고 하지 않는 그 여유에서 부터. 기차를 타도 표 검사를 하지 않고, 4일 동안 버스와 트램을 수없이 타고 다녔는데 얼굴이 티켓인 건가. 내가 이렇게 무작정 신뢰를 받을 수도 있구나. 누구에게나 공평한 신뢰. 그저 인간이라서 받는 신뢰. 이름도 예쁜 비엔나. 우리를 멋진 아파트의 숙소로 데려가는 전철이 검은 밤 속에서 그림자처럼 다가왔다. 모든 게 다 환상적이고 더 이상 완벽할 수가 없다. 멋진 여행지에 있으니 나도 조금은 더 멋있어진 것 같다.

런던의
길고양이

Coming for the Kiss
– 클림트의 그림

    비엔나를 여행하기로 선택한 것은 순전히 구스타프 클림트의 '키스'를 보러 가기 위한 것이었다. 내가 클림트의 그림 키스를 처음 본 것은 대체 언제였을까? 생각이 나지 않았다. 그래도 가장 인상적이었던 키스의 카피화가 걸려 있던 장소는 샌디 언니가 시드니의 치즈케이크가 유명하다는 카페에서 어마어마한 크기의 키스 카피화와 함께 치즈케이크를 찍은 사진을 블로그에 올렸었는데, 나는 그것들이 아주 찰떡궁합이라고 생각을 했었고 또 그렇게 댓글을 썼다. 여기저기에 '키스'가 너무 많지 않나? 클림트의 그림이 범람하는 문화권에 늘 살고 있지 않나 하는 생각에 이걸 꼭 내 눈으로 봐야겠다는 결심이 들었다. 벨베데레 궁전은 우리가 노상 드나들던 오페라 극장이 있는 번화한 거리에서 트램을 타고 30분 정도 떨어진 곳에 있었다. 그림이 전시되어 있는 곳을 왜 미술관이나 박물관이라 하지 않고 궁이라 하는지 궁금했는데, 거기에 당도하고 나서야 깨달았다. 미술관보다는 궁이 맞는 거라고. 원래는 왕족들이 기거하던 궁이었는데 후에 황실 회화 전시장으로 쓰여진, 거대하면서도 옛 영화가 고스란히 남아 있는 궁궐은 이제 클림트와 에곤 쉴레와 나폴레옹 같은 죽은 사람들의 영혼과 그들만의 거대한 아우라가 가득 차 있었다.

두근두근되면서 '키스' 앞에 다다랐을 땐 꽤나 많은 사람들이 역시나 폰을 들고 사진 찍기에 바빴다. 그래서 반듯한 사진을 못 찍고 살짝 비켜서서 기념사진을 박았다.

모두들 감격에 상기된 얼굴로 요리 찍고 조리 찍고들 하여서 내가 온전하게 '키스' 앞에서 포즈를 취할 틈 같은 건 생겨나지도 않았다. '황금빛 키스'라고 해서 눈이 부실 줄 알았는데 생각보다는 그렇게 황홀한 금빛은 아니었다. 나에게는 치즈케이크 톤의 '키스'가 더 맞다고 생각했다. 세계적인 그림 전시장치고는 조명이 어두웠는데 일부러 이렇게 좀 깜깜하고 소박하게 감상해야 하는 건가 하는 생각이 들었다. 클림트의 여인들을 그린 그림을 보면 참 많은 의미가 담겨 있다. 나는 그의 작품들이 뿜어내는 에로틱함이 늘 버겁다고 느낀다. 이 '키스'도 무얼 그린 것일까를 한참 생각하게 한다. 그리고 내가 왜 굳이 멀리에서 비엔나까지 오로지 이 그림을 보기 위해서 왔는지를 생각해 보았는데 답은 하나였다. '유명해서'가 그 답이었다. 내 취향 저격의 그림도 아니지만 너무 유명해서 꼭 내 눈으로 봐야 할 것만 군중 심리가 더 컸다. 그래도 천만다행인 것은 돈과 시간을 들여 찾아온 것이 전혀 후회되지 않을 정도로 아름다운 그림들이 많았다. 나는 클림트의 풍경화가 더 마음에 들었다. 경직된 마음을 부드럽게 녹여 줄 것만 같은 아기자기한 섬세함이 느껴졌다. 여인네들의 초상화와는 다른 평화와 교감이 듬뿍 담긴 그림들이었다.

나는 클림트와 에곤 쉴레의 그림 사이에서 자꾸만 왔다 갔다 했다. 저만치 갔다가도 다시 발길을 돌리게 하는, 이 오스트리아 화가들에게는 정말 무언가 특별한 느낌이 있었다. 특히 내 마음을 아주 오랫동안 사로잡은 것은 에곤 쉴레의 '네 그루의 나무'였다. 나는 이 그림 앞에서 한참을 서 있었다. 가을쯤으로 연상되는 풍경으로부터 느꼈을 그의 쓸쓸함이 내게도 전해져 오는 듯했다. 에곤 쉴레의 그림들은 고약하면서도 연약해 보이고 불안해 보이기까지 한다. 젊은 날만 살다 간 불우한 에곤 쉴레의 생이 가여워 그를 애도했다. 화가의 그림은 화가 본인들을 닮은 것이 확실하다.

암스테르담의 알렉스

우리가 열 시의 파리행 기차를 타기 위해 그동안 묵었던 에어비앤비 숙소를 떠나려고 보니, 집주인 알렉스는 잠을 자고 있는지 그녀의 방에서 아무런 기척이 나질 않아 우리는 조심조심 발자국 소리를 줄여 가며 떠나왔다. 어젯밤, 그녀는 오늘 하루 어디 갔었고, 어땠었는지를 밤늦게 귀가한 우리를 따라 들어와서는 침대 끝에 앉아 물어보았다. "암스테르담이 너무 마음에 들어서, 이민을 생각해 봐야 할 것 같아요."라고 하니, 그녀는 정말 좋은 생각이다. 자기와 한 집에 살면 어떻겠느냐고 말해 우리는 유쾌하게 웃었다. 편안하게 잘 지냈었다. 먼지 한 톨 없이 정리가 잘되어 있고, 욕실은 정말 눈이 부실 정도로 깨끗해 고마웠다. 집주인도 너무 마음 편하게 대해 주었고, 한 가지 신기했던 건 그녀는 하루 종일 누군가와 통화를 하고 있었다. 우리가 체크인을 하던 날도, 딱 그 순간만 제외하고. 가끔 우리와 대화를 나누던 그 잠깐만을 제외하고는 내내 통화 중이었는데, 그 통화 소리를 들으며 잠이 들었다가 중간에 어떤 소음에 잠이 깨어나면 그건 또 게임을 하는 듯한 소리였다. 깊고 어두운 밤중의 은하 세계의 별과 창과 번개가 서로 전쟁을 치르는 듯한 소음은 쓸쓸하기 짝이 없었다. 가까운 곳에 아들네 가족이 살고, 통화를 하루 종일 하는 대상은 자기 여동생이라고, "걔는 그렇게 나에게 할 말이 많다."라고 배시시 웃으며 이야기를 했었다. "알렉스도 너무 외롭고 고독한 모양이야⋯⋯. 나도 그래. 나도 달라스로 돌아가면 곁에 누군가가 있지만 대화를 하는 것도 아니고, 재밌게 사는 것도 아니고, 그냥 이렇게 가끔 여행 다니는 게 내 인생 최고의 낙인 그런 삶을 살고 있어. 얼마나 외로우면 노인네가 낮에는 전화 통화에 매달려 있고 밤에는 게임을 하느라 뜬눈으로 밤을 지새고. 그래도 이렇게 좋은 아파트가 있어서, 또 이렇게 멋진 도시에서 에어비앤비를 하는 게 정말 다행이야. 사람들 오고 가고, 늘 새로운 사람들이 며칠씩 묵어 가고 또 다시 오고, 이렇게라도 살아가니 다행이야." 마치 내 큰언니라도 되는 듯, 그녀의 삶을 걱정하고 안심해했다.

4월 초라고는 하지만 여전히 추위가 가시지 않은 암스테르담을 그렇게 떠나왔다.

여행 끝나고 알렉스에게 안부 인사를 전했으면 좋았을 거라는 후회가 살짝 든다. 그녀는 여전히 오래도록 전화 통화를 하고, 밤새 게임을 하며 그렇게 살고 있을까?

런던의
길고양이

렘브란트의 거리

　암스테르담 중앙역에서 내려 점심을 먹고 4일 동안 지낼 숙소로 향하는 버스를 탔다. 거리의 풍경이 고즈넉하고 침착하고 평화로웠다. 내가 처음으로 렘브란트란 단어를 읽은 건 어느 호텔을 지나면서였다. "어멋! 여기에서 렘브란트가 묵었나 봐. 그래서 이름이 렘브란트인가 봐." 하지만 곧 렘브란트 베이커리, 렘브란트 식당, 렘브란트 커피……. 죄다 렘브란트였는데 그러니까 우리나라식으로 하면 세종시에 세종 식당에 세종 세차장에 세종 커피숍에 세종 빌딩, 세종 고시원…… 뭐 이런 거 아니었을까 싶다. "어~ 죄다 렘브란트네……." 하고 나는 실없는 내 잘난 척을 바로 시인했다. 혹여나 딸아이가 내 말을 진짜로 알아듣고 우리가 렘브란트가 묵었던 호텔 앞도 지나갔다라고 기억할까 봐.

네덜란드 사람들은 내체적으로 장신이고 멋있다. 거기에 구태여 꾸미지도 않는 편안한 자연스러움까지 갖추고 있어, 보이지 않는 내면에 대한 평가는 할 수도 없겠지만 외양적으로는 참 눈이 호강을 한다는 느낌이 든다. 역시 패션의 완성은 얼굴이라더니 거적때기를 걸쳐도 멋진 스타일들이다. 그런 사람들이 또 가장 많이 타고 다니는 교통수단은 자전거와 아주 초미니 사이즈의 자동차였다. 깨끗한 자연의 양광을 가르며 자전거를 타고 출퇴근을 하고 크고 폼 나는 자동차에 대한 미련은 조금도 없이 겨우 바퀴와 핸들이 달려 있고 비나 눈을 피할 정도만 갖춘. 내 아들이 어린 시절에 집안의 마당을 누비고 다닌 배터리 지프보다도 작게 보이는 차가 길에 상당히 많았다. 여기 사람들은 소탈하네? 외모가 멋있어서 소탈한 것인지, 소탈해서 외모가 더 멋있어진 것인지 참 인상적이었다. 우리 가족만 해도 무슨 매일 여행을 떠나는 것도 아니건만 벤에, SUV에 나중에 캠핑카까지……. 언젠가는 네 식구에 차도 덩달아 네 대였던 적도 있고, 하긴 지금도 두 식구이지만 차는 세 대이다. 너무 낭비를 많이 한다는 생각이 든다. 암스테르담에 머무르는 나흘 동안 가장 절실하게 느낀 건 조금 더 소박하게 살자는 것이었다. 운하의 도시, 튤립의 도시, 고흐의 도시, 렘브란트의 도시, 안네 프랑크의 도시, 이 모든 걸 다 초월한 강력한 인상이었다. 오라고 하는 사람도 없는 이 도시

런던의
길고양이

에서 우리는 갈 데가 많아 종종걸음을 했었다. 그리고 4월이었지만 날이 너무 추웠다. 꽃들은 예쁘게 활짝 피어나 꽃시장을 일부러 들른 나를 실망시키지는 않았지만 뼛속을 에이는 추위 덕분에 나는 끙끙 앓으며 다녀야 했다.

국립 미술관에서는 한껏 올라온 감기 기운에 내가 뭘 보고 있는지도 모르고 이 그림 저 그림 사이만 왔다 갔다 했다. 한껏 기대했던 고흐 박물관은 온라인 예약을 하지 않아 못 들어가서 밖으로만 몇 바퀴 돌며 아쉬움을 달랬고, 안네 프랑크의 집을 찾아갔더니 이번엔 줄이 말도 못 하게 길었다. 해열제를 먹어대며 다니던 와중이라 도저히 그 긴 행렬에 줄을 설 수가 없어 우리는 근처 카페에 들어가 달디단 티라미수를 먹어 가며 피곤한 몸을 달랬다. 안네 프랑크의 일기를 세 번쯤 읽고도 또 감동적이었는데 저 집이 바로 내 눈앞에 있다니…… 구절구절이 떠올랐다. 좁디좁은 은신처에서 사춘기 소녀가 겪었을 두려움, 불안, 외로움, 갈등과 희망과 소소함들이 생생하게 떠올려졌다. 다음 날 크루즈를 타고 다시 안네 프랑크 하우스 앞을 지나게 되었다. 그녀는 암스테르담의 영원한 소녀였다.

마침 근처엔 튤립 박물관도 있었는데, 그 꽃의 종류가 그렇게 많은지는 또 처음 알았나. 튤립이 딱 어울리는 도시였다. 꽃과 맛있고 보기에도 너무 예쁜 디저트들과 햇볕이 좋은 도시였다. 아무래도 날이 좋을 때, 다시 와야 할 것 같았다. 그냥 '암스테르담에 간다.'라는 느낌만으로 온 도시였는데 그런 단순 무식함 이상으로 볼 게 너무 많은 도시였다. 거기까지 와서 고흐 박물관을 온라인 예약을 하지 않아 못 가고, 어디는 너무 멀어서 못 가고, 어디는 줄이 너무 길어서 포기하고……. 여행은 역시 내가 준비한 만큼 느낄 수 있다는 것을 알게 되었다. 체력마저도. 4월의 꽃샘추위를 잘 어르고 달래며 좋은 시간을 보냈어야 한다는 후회가 많이 드는 도시였다.

런던의
길고양이

파리의 마리

　이번엔 파리였다. 암스테르담에서 정확한 시간에 도착한 기차를 타고 파리로 내려왔다. 기차역에 내려 집주인 마리가 자세히 알려 준 대로 42번 버스를 타고 또 마치 처음이 아닌 거처럼 바로 집을 찾았다. 버스를 타고 제일 뒷자리에 앉은 순간, 창밖으로 투명 화장실에서 용변 보는 남자의 모습이 적나라했다. 그러니까 예전 공중전화 부스 같은 네모 박스 안에 용변기, 용변기의 바로 뒤는 레스토랑이었고, 하필 노부부가 야외 패티오의 딱 그 자리에서 식사를 하고 있었다. 파리의 첫인상은 불안하고도 황당했다.

　이 도시에 머무르는 동안 혹시 저렇게 나의 은밀함이 보장을 받지 못하고 막 노출이 되는 건 아닐까? 여기는 그런 동네인 걸까? 어디에도 그런 글을 읽어 본 적은 없었는데. 설마…… 나는 우리가 3일을 지낼, 에펠탑이 겨우 7분 거리라는 동네가 정말 궁금했었다.

"상상이 안 가. 어떻게 에펠탑이 7분 거리에 주택가가 있는 건지. 그리고 우리가 거기에 묵을 거라서 늘 에펠탑 아래를 오고 갈 거라는 게."라고 딸아이에게 말했었다. 정확히 7분 거리가 맞았고, 마리의 집 밖의 노천 카페에서 밥을 먹고 있으면 에펠탑이 눈앞에서 출렁거렸다. 우리는 늘 고개를 그쪽으로 쭉 빼고 걸었다. '단 한 순간도 당신을 놓칠 수 없어.' 하는 마음이었다. 그 풍경은 언제나 그렇게 있을 뿐인데 우리는 이렇게도 찍고 저렇게도 찍고 난리였다. 에펠탑이 보이는 동네에서 며칠 지낸다는 게 너무 행복해서였는데다, 그다음 날 파리 시내를 여기저기 다니며 보니, 아무데서나 그냥 다 보이는 게 에펠탑이라서 우리는 또 허무하다고 낄낄대고 웃었다.

집주인 마리는 너무나 친절했다. 아침마다 우리에게 갓 구운 빵을 사와 버터와 내어 주었다. 그게 파리식 아침이라고 했는데, 베이컨도 없고, 에그가 없어도 훌륭했다. 집안의 가보라는 백 년이 훨씬 넘은 은 주전자에 차를 담아 주었을 때 나는 너무 놀랐다. 백 년이 넘은 주물에 담긴 차를 마셔야 하는 그 느낌은 야릇

했다. 겉으로는 감격스럽게 표현하였지만 속으로는 '나는 이렇게 오래된 주전자에 담긴 차를 마시고 싶지 않아요.'라고 절규하고 있었던 것이다. 그렇게 유구하고 귀한 보물을 어쩌다 들른 나그네인 우리 모녀에게 써도 되는 건지. 아침마다 우리의 계획을 물어 왔고, 그녀는 파리 시민, 그 중에서도 에펠탑 동네에 사는 특별한 사람답게 우리에게 조언을 열심히 해 주었다. 짧은 시간에 파리를 보고 싶다면 노트르담을 가면 된다고 했다. 노트르담이 파리이고, 파리가 노트르담이라고 했다. 그다음은 몽마르트르 언덕을 가면 된다고 했다. 딸과 나는 급할 게 없어 느릿느릿 움직였고, 너무 특별한 곳만 보기 위해 애쓰지 말자 했다. 그냥 파리 시내를 걷고 싶었을 뿐이었다. 노트르담을 가다 말고 작은 상점 구경들을 한참 구경하고, 또 노트르담을 조금 돌아보다 말고 카페에 앉아 크로와상과 커피를 시켜 마시고, 또 몽마르트르를 가다 말고 이 가게 저 가게를 기웃거리다가 마카롱을 사 먹고, 몽마르트르 언덕 위에 앉아선 낭만이 어디에 있는지 한참을 둘러보았다. 낭만보다는 계단과 비둘기의 위세가 더 대단했다.

샹젤리제 거리를 간다 해 놓고는 엉뚱한 골목에서 서성거렸다. 명품 가게들을 지나치는데 딸아이가 물었다. "엄마가 웬일로 쇼핑을 안 해?", "나 여행 다니면서 쇼핑 다니는 사람 아니야. 그리고 명품 끊은 지가 언젠데?" 그렇다. 나는 미국 생활을 시작한 이후로는 명품이란 것을 뚝 끊었다. 살다 보니 어쩌다 그렇게 되었고, 또 명품을 두르지 않아도 하나도 불편하지 않다는 것을 알게 되니 그런 게 다 의미가 없어졌다.

떠나 오기 전날 밤은 '내가 또 언제 이 파리를 다시 오겠어.' 하며 숙소 앞의 아이스크림 가게에 가서 벤치에 앉으려고 하니, 장사가 다 끝났다고 했다. "아니 지금 8시 30분밖에 안됐는데 장사를 끝내요? 에펠탑이 저렇게 잘 보이는 이 멋진 곳에서? 조금 더 하면 장사가 더 잘될 텐데?" 아이스크림 주인은 덩치가 큰 젊은 총각이었는데, 내가 하는 말을 그냥 아무 말없이 듣고 있더니 그러면 9시에 문 닫겠다고 했다. 장사고 뭐고 다 싫은 얼굴이었다. 어차피 벤치는 가게 밖에 있어서 가게 문을 닫아도 괜찮은 거였는데, 착한 청년은 그러지도 못하고 불을 내내 밝히고 있었다.

마리와 헤어지던 아침에 그녀는 포옹을 하며 다음에 파리에 오거든 꼭 자신에게 연락을 하라고 했다. 그녀는 런던으로 돌아오고, 텍사스로 돌아온 내게 계속 문자를 보내왔다. 잘 가고 있는지, 좋은 여행하고 있는지 물어 왔다. 나는 파리는 꼭 마리 당신을 닮았고, 내게는 멋진 추억이 되었다고 답신을 보냈다.

🐾 셴 강가에서

셴 강은 참 아름다운 느낌이 들었다. 어디에도 있는 듯한 강변이고, 강변이 다 그 강변임에도 불구하고 어떤 잔잔한 애수의 느낌이 나 오래도록 걸었다. 일을 마친 직장인들이 삼삼오오 모여서 풀밭에 앉아 파티를 하는 듯 보였다. 셴 강의 바람과 저녁 풍경이 마음에 쏙 들었다.

"내가 앞으로 살아가면서 어떤 큰 변화를 겪거나 중대한 결심을 해야 할 때, 여기에 다시 와서 내내 이렇게 걸을 거야."라고 딸아이에게 말을 했다. 비장하고 슬픈 결말을 맞이해야 하는 영화 여주인공을 흉내 내고 싶은 마음이 들었던 것일까? 하지만 이 말도 참 웃기는 말이 된다. 무슨 생각을 낯선 파리까지 찾아와서 한담? 그냥 아무 데서나 하면 되는 것을. 그만큼 셴 강이 마음에 쏙 들있던 거나. 거기에 나의 못 말리는 허세까지 더해져 '파리에 오면 내 인생의 모든 것을 심사숙고해 보겠어요.' 하는 거다. 왜 서울의 청계천에 가서는 생각하면서 걸어 보겠다는 마음을 안 가져 보는 건지 알다가도 모를 일이다.

예전에 한국에 무슨 담배 이름이 오마 샤리프였던가? 아무튼 이름난 배우였다. 내가 그 담배의 주인을 보면서, "아니 왜 담배 이름이 꼭 오마 샤리프여야 해? 윤일봉이나 신성일 하면 안 되는 거야?" 했더니 기가 막혀서 아무 대꾸도 하지 않던 기억이 난다. 나만의 허세가 아니다. 우리 모두의 허세다. 고로 런던의 템스 강변에서는 맛있는 걸 찾아 먹고, 버스킹 공연을 실컷 감상하고 다리가 저리도록 걷고 또 걸으며, 토론토의 온타리오 호숫가에 서는 끊임없이 밀려드는 사람 구경을 실컷 하며, 파리의 센 강에 서는 혼자 걸으면서 고독을 씹는 게 어울리겠다는 생각이 든다.

문득 오래전 부모님이 이 센 강변에서 버버리 자락과 스카프를 흩날리며 찍은 사진이 떠올랐다. 그때 부모님은 아직 사십 대셨 다. 아름다운 한때를 보내는 부부의 모습이었다. 그 시절이 아버 지 대신 그리워졌다. 멋지고 열정적이고 훨씬 젊었을 아버지. 아 버지는 직업 때문에 이태리, 프랑스, 이집트 등 수많은 나라를 오 가며 사셨다.

미인이 되고 싶었던 열망

루브르 박물관에서 모나리자의 그림을 보니 까마득한 옛날 일이 생각났다. 초등학교 5학년 무렵 우리 가족은 한강변의 동부이촌동의 아파트로 이사를 가게 되었고, 내 방에는 모나리자의 초상화가 걸려 있었다. 아버지가 파리의 어딘가에서 모나리자 초상화 카피를 사가지고 오셔서 근사하게 액자를 만들어 걸어주신 것이다. 어느 날 내가 오빠에게 물었다.

"저 여자는 왜 눈썹이 없어?" 하니 오빠가 대답하기를 그 시대의 여자들은 눈썹이 없는 게 미인이라고 하였다. 그래? 내 눈에는 뭐 그렇게 예뻐 보이지도 않는데…… 그리고 미소가 신비롭다나? 그래? 신비한 게 아니라 뭔가 흐릿하고 몽롱한데? 옛날에는 저렇게 생겨야 미인이란 말이지? 뭔가 벼락을 맞은 듯한 느낌이었다. 눈썹만 없으면 나도 예쁜 사람이 되는 건가? 진실로 좀 예뻐지고 싶었다. 모두들 나보고 못생겼다고 했기 때문이다.

그 당시 내 방의 옷장 안에 크기 어마어마한 미제 재봉 가위가 하나 있었다. 손잡이가 검정색이고 아주 무거운, 어느 집에나 있는 그런 무쇠 가위였다. 그걸 들고서는 나는 미인이 되기 위해 내 눈썹을 싹둑싹둑 잘랐다. 내 얼굴 만한 가위로 겨우 조그마한 눈썹을 잘라 내는데 잘 자를 리가 없었다. 반쪽만 댕강 날아간 눈썹이 남았고 그래서인지 예뻐지기는커녕 더 못난이가 되어 있었다.

내 눈썹이 반만 남아 있는 걸 발견한 것도 작은 오빠였다.

"아니 이게 눈썹이 없는 게 미인이라고 했더니 지 눈썹을 잘랐네?" 하며 기막혀 했다.

어린 나의 예뻐지겠다는 피나는 노력은 엉뚱하게도 평생 동안 지저분한 눈썹으로 살게 만들어 주었다. 눈썹이 다시 난 곳이 무성하게 잡초처럼 자라더니 하루라도 정리를 안 해 주면 안되는, 이목구비 다 멀쩡해도 눈썹은 아주 볼썽사나운 꼴이 되어 버렸기 때문이다. 매일 거울을 볼 적마다 스트레스이고 모나리자의 초상화 같은 건 보기도 싫어서 박물관에 가서도 감동이 일지를 않았다. 하지만 모나리자는 잊지 않고 꼬박꼬박 자신의 존재감을 알려 왔다. 모자리자를 평생 안 보고 살아가는 사람도 많을 텐데 나에게는 유독 두둥~ 하고 잘도 나타났다. 오늘도 인터넷의 글을 읽다가 누군가가 모나리자를 Ai로 실체화한 것을 올린 것을 보게 된 것이다.

어, 진짜 미인이었네. 눈썹은 일부러 없앤 게 아니라 다빈치가 마무리를 못 해서 그런 거 아니야? 하는 생각이 들면서 또 옛일이 떠올랐다.

그러니까 내게 모나리자는 신비의 미소가 아니라 불쾌의 미소이다. 모나리자를 닮아 보고 싶어서 눈썹을 잘라 낸 12살 소녀의 '예뻐지고 싶다.'는 그 간절함이 코미디가 분명하기에.

모나리자는 오래전 루브르 박물관에 전시 중 도난을 당하는 우여곡절을 겪어 더 유명해졌다. 이때 피카소가 훔쳐간 것은 아닐까 하는 의심을 받기도 했다고 한다. 이 그림을 그린 레오나르도 다빈치가 이태리 사람이니 이 그림은 당연히 이태리에 돌려

쥐야 한나고 생삭한 이태리 출신 루브르 박물관 직원의 소행이었다고 한다. 그리하여 모나리자는 두터운 방탄유리에 겹겹이 쌓여 그녀의 얼굴보다는 그걸 보려고 모인 사람들의 뒤통수만 한참 구경하게 되는 지금의 운명이 된 것이다.

런던의
길고양이

토론토 일기

토론토 입성기

2014년 8월 6일 아들과 나는 토론토에 도착했다. 아들아이가 자기의 소원처럼 캐나다의 대학에 입학을 하게 되었고 나는 보호자로 따라가서 자리 잡는 것을 도와주기 위해 함께 가게 되었다. 둘 다 초행길이었다. 밤에 도착해서 리무진을 타고 예약한 호텔로 이동했다. 인도 사람들이 많은 것이 뜻밖이었다. 추운 지방에 더운 나라에서 온 인도 사람들이 이민국 오피서이기도 했고, 포터이며 택시 운전사였다.

그다음 날 아이의 집주인이 데리러 와 주었다. 아들 학교의 기숙사의 정원이 다 차는 바람에 학교 주변의 아파트를 얻어 살게 되었다. 그도 인도인이었다. 렌트 계약서를 다 쓰고 나서는 인터넷으로 예약해 놓은 내가 살 집으로 데려다주겠다고 해서 너무 감사했다. 아들이 살 집이 토론토 도심에서 한 시간쯤 떨어진 교외라면 내가 살 동네는 시내와 보다 가까워서 편리했다. 걸어서 갈 수 있는 커다란 쇼핑몰에 생필품을 살 수 있는 타겟에, 이태리 빌리지도 가깝고 버스와 트램도 다니는 곳이었다. 모든 것이 생경스럽지만 아들과 나는 차근차근 새살림을 장만하고 지리와 교통과 이 도시에서 살아가는 법을 익혀야 했다. 긴장이 되면서도 짜릿하였다. 두려움이 아주 없지는 않았겠지만 새로운 것을 알아가는 것은 즐거운 일이었다.

달라스와는 또 다른 라이프 스타일이 전개되고 있었다. 일단 달라스에서는 차 없이는 어디에도 못 간다. 사람이 걸어 다니는 보도 자체가 없다고 보면 된다. 차가 우리의 발이다. 토론토에서 놀란 것이 사람들이 버스에 별의별 것을 다 가지고 타는데, 화장지며 찬거리들을 주렁주렁 들고 타는 게, 얼른 이해가 가질 않았다. 처음엔 토론토가 가난한 동네인가? 라는 생각을 할 정도였다. 아가를 태운 유모차를 가지고 버스에 타는 사람들도 꽤 많았는데, 복잡하고 비좁은 차 안에서 그렇게 한다는 게 내게는 정말 놀라운 일이었다. 차가 없나? 대만에서도, 텍사스에서도 차는 내 몸이나 마찬가지였던지라 대중교통으로 그렇게 많은 일들을 하는 사람들이 처음엔 이해가 가질 않았다. 주말이 되면 골프 클럽을 가지고 지하철을 타는 사람도 있었다. 달라스는 새집, 새 도시, 조경이 아름다운 동네, 보기에도 근사한 집들이라면 토론토의 집들은 좀 낡아 보였다. 텍사스 땅의 크기가 얼마인데 널찍널찍 사는 게 너무 당연하고, 개척과 개발의 역사가 짧아서 모든 게 다 새 것일 수밖에 없는 반면 토론토는 캐나다 최고의 인구 밀집 도시에 오랜 역사를 가진 곳이다 보니 시간의 흔적이 어디에서도 느껴질 수 있는 창연함이 있었다. 좁고 작게 살 수밖에 없다.

우리 모자에게는 '모색의 시간'이었다. 그야말로 인생에 피와 살이 되는 좋은 경험이었다.

아들과 나의 집을 오가며 새살림을 다 장만한 끝, 3일이 지난 후에 우리는 드디어 다운타운에 입성하게 되었다. 누군가의 블로그 글에 이튼 센터에 관한 글을 본 기억이 떠올라 일단 그리로 갔다. 사진을 보니 엄청 크고 멋진 쇼핑의 메카 같은 곳이었다.

이튼 센터에 들어서자마자 스마트폰 매장을 찾아 폰을 개통했고, 바로 은행으로 가서 구좌를 열었다. 대중교통을 이용하는 법을 익히고, 거래 은행 계좌와 신용 카드를 만들고, 스마트폰을 열고, 또 학생 전용 쿠폰까지 얻고 나니, 모든 게 그럭저럭 자리를 잡은 느낌이 다 들었다. 토론토 다운타운의 길들을 익히고 나서야 비로소 캐나다의 매력이 피부로 와닿게 되었다. 곧 아들과 함께 살게 될 하우스메이트들이 이사를 들어왔다. 나중에 찰떡처럼 붙어 다니는 절친이 된 콜트와 마르코였다. 이 셋은 5년이 지난 지금까지도 한집에 살며 끈끈한 우정을 유지하고 있다. 아들이 토론토를 떠나지 못하는 가장 큰 이유 중의 하나라고 했다. 가족과 떨어져 홀로 살아가는 게 걱정이 되어 미국으로 오던 대만으로 가던, 가족의 곁에서 살아야 되지 않겠느냐는 말을 할 적마다 아이는 우울한 목소리로 "내가 가면 얘네는 어떡하고? 난 얘네가 너무 걱정이 돼." 하길래, "그 애들은 다 캐나다인들이고 너 혼자 지금 이방인이거든. 걱정을 거꾸로 하고 있네?"라고 했더니, 헤헤~ 웃어댄다. 아직은 친구가 좋을 나이. 그렇지. 그것도 한때다. 인생의 아주 작은 한때.

🐾토론토에서
가장 맛있는 햄버거

일 년 만에 아들아이를 만나 이 주일 동안 여기저기 다니며 행복한 시간을 보냈다.

그 이튿날 정오쯤에는 나는 다시 미국행 비행기를 타야만 했다.

우리들의 마지막 저녁 만찬으로 무엇을 먹고 싶냐고 아들아이에게 물어보았다.

그날의 스케줄은 오후 느지막이 ROM(로얄 온타리오 박물관)에 가서 시간을 보내는 것이었다. 저녁 먹고, 마트에 가서 아들에게 필요한 음식들을 사 주는 것이었다.

아들아이는 자기가 좋아하는 햄버거 가게가 Queens street에 있으니 거기로 가자고 했다. 너무너무 맛있으니 나에게 소개를 시켜 주고 싶다는 거였다.

좀 더 근사하고 비싼 저녁을 사 주고 싶었지만 그건 어디까지나 내 마음이고, 아이의 마음은 그걸 원하니 흔쾌히 그러자고 했다. 영하 십 도 아래의 매서운 추위 속을 걷고 전철을 타고 또 다시 트램을 갈아타고 당도한 '토론토의 유명한 햄버거 가게'는 아주 작았다. 아들아이는 가끔 이 집 햄버거가 먹고 싶어서, 학교 근처도 아니고, 집 근처도 아니지만 일부러 여기에 들러 먹는다고 했다. 그러면서 아주 행복한 얼굴을 하였다. 햄버거 하나에 채워지는 스무 살 청년의 영혼······ 자기가 먹고 싶은 것을 찾아 먹을 줄 아는 아들인 게 기특했다. 뭘 먹고 싶은지도 모르고, 스스로 챙겨 먹지도 않는 거에 비한다면 기름이 줄줄 흐르는 햄버거라도 찾아서 먹어 주는 게 너무 고마웠다. 엄마는 그렇다. 자식이 맛있게 먹고, 배불리 먹어 주면 세상 근심의 반은 사라지는 듯하다. 그 이튿날 다시 이별을 나누면서도 신신당부를 했다.

"밥 잘 챙겨 먹어야 한다."

미국 사람들이 이해 못 하는 나만의 인사법이고 사랑법이다.

세상이 무너지는 슬픔의 한 가운데에서도 그래도 먹자, 잘 먹자.

그래야 슬픔도 힘이 될 테니…….

런던의
길고양이

하버 프론트의
에스토니아 여인

　토론토 다운타운을 매일 나가서 걷다가 거의 삼일에 한 번꼴로 가게 되는 곳이 온타리오 호수가 있는 하버 프론트였다. 나는 성장기 시절을 한강변의 동네에서 보내서 그런지 무조건 물이 있는 동네가 좋다. 갤러리와 가게들이 있는 건물 3층은 푸드 코트였어서 호수를 감상하며 점심을 먹고 커피를 마시곤 하였다. 내가 거길 가는 평일의 점심시간은 굉장히 한가한 편이어서 그녀와 몇 번 마주치게 되었다. 내가 오렌지 치킨을 먹고 있는데 그 차이니즈 푸드가 맛이 있냐고 물어 왔다. "먹을 만해요. 달콤하고 짭짜름한 맛"이라고 대답을 했더니 자기도 그걸 먹겠다고 하고는 주문을 해서 받아 왔다. 그날따라 치킨들이 말랑말랑 맛이 있어서 다행이라고 생각을 했었다. 그렇게 서로 말문이 트게 되었는데, 그녀는 세

빈째 결혼을 하고 남편을 따라 토론토로 이주를 해 왔다고 한다. 이름은 에이나라고 하고 나이는 오십 대 초반쯤으로 보였다. 그리고 곧 남편과 헤어지게 되었다고 처음 보는 내게 덤덤히 말했다.

　내 최초의 세계관은 순전히 텔레비전의 미스 유니버스 대회를 통해서였는데, 아무리 생각해 보아도 미스 에스토니아는 못 들어본 것 같았다. 핀란드와 러시아가 가깝다고 해서 그제서야 알아먹었다. 아, 거기 러시아 옆, 핀란드 아래 익숙하지 않은 이름의 나라들이 옹기종기 모여 있는 거기! 그럼 북유럽이고 춥겠다고 했더니 토론토와 비슷하다고 했다. 여기 호숫가를 자주 찾아 오래 머무는 것도 고향 생각이 나서라고 했다. 그립지만 돌아가야 하는지는 모르겠다고 정말 갈등하는 얼굴로 먼 곳을 바라보고는 하였다. 에스토니아 사람들은 교육에 굉장히 열정적이어서 고학력자들이 많고 조용하고 평화로운 나라라고 했다. 어, 우리나라는 조용한 아침의 나라라고 소문이 났었어요. 한국 사람들도 대부분 공부를 열심히 해요…… 어쩌고저쩌고. 그녀나 나나 꽤나 심심했었는지 그녀는 에스토니아에 대해, 나는 나의 조국 한국에 소개를 장황하게 했다. 한국은 동아시아이고 일본과 중국 사이에 낑겨 있다고 하니 그녀도 그제서야 알아듣는 듯했다. 아시아 쪽은 전혀 가 본 적이 없다고 했다. 그래도 중국은 안다고 했다. 중국하고 러시아는 뭐가 어찌되었던 한 덩어리이니까. 그럼 당신은 러시아어를 하냐고 물으니 조금, 핀란드 말도 조금, 영어는 이렇게 말할 정도이고. 나도 중국어 한국어가 편하고 영어는 그냥 이렇게 말할 수 있는 정도라고 했다. 아들만 둘인데 보고 싶다고 했다.

서로의 나라가 어디에 있는지도 모를 정도로 낯선 내가 편했는지 자기는 자꾸만 결혼에 실패한다고 말을 했다. 속을 털어놓기 딱 좋을 분위기로 그 안은 조용했고 통유리창 바깥에 펼쳐진 바다 같은 호수의 풍경이 아름다웠다. 내가 그녀를 안지 오래된 친구라면 "그래, 이제 그걸 알았으니 그만 결혼하고 바로 당신 자신을 위해 사는 거야."라고 말을 하겠지만 아무래도 그런 충고는 주제넘을 게 뻔했다. 그녀의 세 번째 남편은 그리스인이었는데 한 달쯤을 살다가 갑자기 집을 나가 버렸다고 한다. 전부인에게 돌아간 것도 같기도, 다른 새 여자한테 간 것 같기도 하고. 슬프다기보다는 황당하다는 듯한 얼굴 표정으로 말했다. 자신의 불행에 쿨해 보여서 좋았다. 자기는 왜 행복하지 못할까를 혼잣말하듯 그녀에게 "남자들이 바보라서 그래요." 하며 졸지에 세상 남자들을 바보, 쪼다로 만들어 버렸다. 뭔가 위로의 말이 필요한데 그리기엔 그녀는 너무도 낯선 여인이었다. 그래도 희망을 가져 보라고 했다. 그냥 너무 평범하고 너무 구태의연한 말이지만 언젠가는 꼭 당신이 꿈꾸던 그런 삶을 살게 될 것이라고. 나는 그 당시 내가 꿈꾸는 삶이 그려지지 않았다. 뭔가 막힌 골목길에 다다른 느낌이었다. 그녀가 느끼는 불행과 내가 느끼는 불안은 다르면서 결국은 닮아 있었다. 우리 둘 다 중년의 살 만치 살고 알 거 다 아는, 그렇지만 조각배같이 이리저리 흔들리며 방황하고 있는 느낌이 그랬다.

그때 나는 내가 도대체 어디에서 살아야 하는지를 갈피를 통 잡을 수가 없었다. 텍사스여야 하는지, 대만이어야 하는지, 한국? 캐나다? 나는 어디로 가야만 하는지를 모르고 그냥 아들 따라온 캐나다에서 매일 걷기를 하며 시간을 보내고 있었다. 새로운 삶에 대한 희망과 용기를 잃고 하버 프론트의 물결만 바라보는 것이었다. 무언가를 하는 것이 가장 중요하겠지만 또 하고 싶은 마음이 들지 않는 것도 충분히 이해가 갔다. 열심히 살던 그 템포를 순식간에 놓아 버리는 것, 그럴 때가 있다. 그 후로도 몇 번을 약속을 하지 않아도 만나게 되다 텍사스에서 대학을 다니던 딸아이가 방학이 되어 토론토로 온 이후로는 거기에 내가 혼자 갈 일이 없어졌다. 인사를 제대로 하지 못한 채 작별이 되고 말았다. 가끔 에스토니아에 관한 뉴스를 듣게 되면 그녀가 생각난다. 낙담하고 어지러워하던 이방인의 그녀. 우리는 가끔 그럴 때가 있다.

2박 3일의 로드 트립, 블루마운틴

아들아이의 23번째 생일을 맞아 좀 더 근사한 선물을 하고 싶었다. 그래서 생각해 낸 것이 렌터카를 해서 짧은 여행을 다녀오는 것이었는데, 퀘벡, 몬트리올, 오타와는 두세 번씩 갔다 온 곳이라 토론토 인근을 여행하고 싶었다. 지도를 보면 토론토 북쪽으로도 꽤나 크고 작은 타운들이 보였다. 블루마운틴이라는 곳이 그나마 괜찮다고 추천을 받고 검색을 하여 보니, 블루마운틴에 위치한 스칸디네이브 스파가 온천욕으로 유명한 곳이라고 하여 거기에 갔다가 나이아가라 폭포에서 하룻밤을 지내다 오기로 하였다. 아들과 처음 토론토에 도착하고 새 환경에 적응할 무렵이었던, 처음 토론토 밖으로 나간 곳이 바로 나이아가라 폭포였다. 우리는 버스를 타고, 와인 농장에도 들리고 꽤나 즐거운 시간을 보냈었다. 하이라이트는 보트를 타고 폭포가 떨어지는 바로 아래까지 가서 흠뻑 젖는 것이었는데, 전세계에서 온 각양각색의 사람들은 모두 거칠고 차가운 물벼락이 뭐가 그리 좋은지 호들갑을 떨고 꺅꺅거리며 즐거워한다. 그때까지만 해도 나이아가라 폭포는 참 신기하고 재미있는 동네였지만 그 후 자꾸 가게 되면서는 우리한테는 너무 빤한 관광지가 되어 버렸다. 다음의 여행은 아들과 밴프를 갈려고 계획 중이었다. 내가 토론토에 사는 동안 알게 된 나보다 네 살 많은 인상이 아주 좋았던 옥주 언니는 밴프, 밴프, 꿈에도 잊지 못할 밴프를 노래 불렀었다.

토론토의 다운타운에서 출발해 북으로 한 시간 반을 달리니 드넓은 호수를 끼고 있는 휴양지 배리(Barrie)가 나왔다. 호텔과 리조트가 많이 들어서 있는 해변가 타운은 인산인해였다. 예전에 기차를 타고 동쪽으로나 서쪽으로 달리다 보면 순 내륙만 나와, 북쪽에 이런 휴양지가 있을 것이라고는 상상도 못 했다. 즐거운 호숫가이기는 했지만 나는 여기에서 사 먹은 퍼넬케이크에 알러지 쇼크를 일으켜 하이웨이 운전을 아슬아슬하게 할 수밖에 없었다. 멀쩡하다가 난리를 치는 상황을 자주 일으키는 나는 이날만은 그리고 쉽지 않아서 티를 안 내느라 식은땀이 다 나고 정신을 잃을 듯이 아득해져 갔다. 배리에서 블루마운틴까지는 다시 한 시간의 운전 거리였는데, 내가 예약한 에어비앤비의 농장을 찾을 수가 없어 시간이 많이 지체되어 갔고 내 머리는 점점 무거워지고 가슴에 가스가 가득 차올랐다. 도심 한가운데에서 사는 아들아이를 위해 일부러 농장을 예약했다. 에어비앤비 사이트엔 사진과 설명이 그리도 서정적이고, 하룻밤쯤은 맑디맑은 야생의 밤하늘에 빛나는 별들을 바라보고 풀벌레 소리를 만끽하며 말도 소도 어루만지게 하고 싶었는데, 실제로 눈앞에 펼쳐진 농가는 그냥 시골집이었다. 사진상으로는 그토록 원더풀했던 풍경과 집안이 그냥 그랬다. 그래도 집주인 브랜다는 친절하고 방과 욕실을 나름 멋지게 꾸며 놓아서 커다란 창으로 보이는 고층 빌딩이 없는 들판으로 위안을 삼았다. 말이나 소는 없지만 그 대신 스피츠 한 마리가 짖지도 않고 엄청 귀엽게 굴었다. 오며 가며 보는 갓난아이도, 두 살쯤 된 아이도 귀여웠는데 한 구석의 게슴츠레한 그녀의 남편은 그냥 그렇게 앉아만 있는 사람처럼 무표정한 얼굴로 브랜다와는 사뭇 분위기가 달랐다. 일단 침대 위로 고꾸라져 잠이 들었다가 화장실에 들락거리다 약을 먹고 정신을 차린 나는 아들아이에게 미안하다고 했다. 이게 아닌데…… 분명 이게 아니었는데……. 사진대로라면 이것보다 훨씬 더 멋있어야 한다고 몇 번을 말했더니 아들은 괜찮다고 했다. 사실 이런 일이 한두 번도 아니고. 종종 있는 일이었다. 왜 다들 그렇게 리뷰에는 세상 어디에도 없는 천국처럼 써 놓는건지, 나는 왜 또 그걸 알면서도 번번히 당하는지 참 모를 일이었다.

"근데 밤이 되면 무섭겠는데?"라고 말할 정도로 황량한 들판에는 그 집 한 채 말고는 아무것도 없었다. 쥐도 새도 모르게 무슨 일을 당해도 아무도 모를, 약간은 무시무시한 집을 내가 생일 선물이라고 예약을 했으니 정말 믿을 인간 하나도 없다는 말이 다 생각날 정도였다. 블루마운틴은 그저 이름만 블루마운틴이고 할 거는 하나도 없는 심심한 산이라고 하더니, 생각보다 썩 괜찮았다. 아들은 빌딩이 즐비한 토론토에 살고, 나는 산이라고는 찾아볼 수도 없는 텍사스에 사니, 그 정도의 산도 아주 훌륭하고 감동적이었다. 생각보다 할 게 이것저것 많아 더 일찍 도착을 안 한 게 후회가 되기도 했다. 나지막하니 정겹고 버겁지 않은 산이었다. 그리고 산 아래 호숫가에서는 배를 탈 수도 있었다. 리조트 몰에는 갖가지 재미있는 가게들과 음식점들이 즐비하였다. 우리가 생일 저녁 만찬으로 뭘 먹지? 하며 레스토랑마다 기웃거릴 때 한 백인 중년 부인이 자기가 금방 먹고 나온 곳의 음식이 아주아주 맛있다고 묻지도 않는데 추천을 해 주어 우리는 바로 그 안으로 들어섰다. 호숫가의 패티오에 앉아 썩 맛있는 저녁으로 아들아이의 생일을 축하하고 우리들의 우왕좌왕 자동차 여행을 위한 건배를 하였다.

주말의
베이킹 클래스

　한때 주말마다 클래스를 받으러 다녔다. 꽃집과 베이커리를 함께하는 스타일리쉬한 클래스였는데, 학생들 중에 스티븐과 마론은 게이 커플이 있었다. 어찌나 양순하고 신사적이고 예의가 바른지 내가 그들 앞에 서기만 하면 나도 모르게 저절로 두 손을 앞으로 공손하게 모으고 예의 바른 사람이 되어 버리고 말았다. 나는 그때 만들었던 도넛과 케익을 토론토 다운타운의 골목에 기거하는 홈리스들에게 그냥 먹으라고 박스째 주고는 했는데, 혹여나 뭐 이런 걸 주냐고 쫓아올까 봐 아들아이 손목을 끌어잡고 후다닥 뛰어대곤 했다. 왜냐하면 내가 그들의 배고픔을 걱정해서 주는 게 아니라 처치 곤란하니까 그런 식으로 버리듯이 선심을 쓰니 찔려서 도망을 치는 것이었다. 물론 그들은 땡큐라고 밝은 목소리로 내 뒤통수에다 인사를 해 왔지만 괜히 양심이 찔렸다. 이들을 도와주는 건지 내 쓰레기를 처분하는 건지…….그들이 바라는 것은 돈이라는 생각을 했다. 다들 사지들은 멀쩡해서 어디에 가도 일을 해서 충분히 먹고 살 수 있음에도 불구하고. 영하 십 도 아래로 떨어지는 기온 속의 길거리에서 담요를 뒤집어쓰고 있느니 차라리 노동을 하면 여러가지로 본인에게 더 이득일 텐데도 그들은 늘 그 자리에 있었다.

나는 홀린 듯이 주말 베이커리 클래스를 다니면서도 이미 다 발효가 되어 있는 반죽 배합에 대해서는 알지도 못해서 어디 가서 그런 클래스를 다녔다는 명함도 못 내밀게 되었다. 내가 도대체 뭘 배웠단 말인가? 두 시간에 100달러를 주고 말이다.

밴프 별곡

록키 산맥이나 밴프엔 관심도 없다가 거기 꼭 가 봐야겠다고 마음먹은 건 순전히 옥주 언니 때문이었다. 옥주 언니의 밴프인지, 밴프의 옥주 언니인지, 나의 기억 속에 그냥 그 둘은 혼연일체가 되어 있다. 이름도 어여쁜 이 언니는 말끝마다 "나 밴프에 다시 가고 싶어. 꼭 갈 거야. 거기에서 살다가 죽을 거야. 우리 아들만 아니라면 ……. 거기가 얼마나 아름다운지 한국 생각이, 고향 생각이, 부모님 생각이 하나도 안 났어. 계절마다 다 너무 신기롭게 예쁜데 날이면 날마다 다른 모습으로 너무 예뻤어." 꿈을 꾸듯, 그곳을 생각하면 눈이 부신 듯 언니는 눈마저 가늘게 뜨고 그리운 얼굴로 늘 그렇게 이야기하였다.

"너도 가면 너무 좋아할 거야. 네가 거기 살아도 생활 걱정 없이 살 거야. 관광객이 엄청 많고, 중국 사람들도 엄청 많거든. 너는 중국어하고, 영어하고, 또 한국 사람이니까…… . 너한테도 딱인 동네일 거야. 나 정말 너무너무 거기에 가고 싶어. 지금은 우리 아들 공부시키느라 토론토를 떠날 수가 없지만 우리 아들이 어른이 되면 난 혼자서라도 거기엘 가서 살 거야." 도대체 밴프라는 동네가 어떤 마성의 매력이 넘치는 곳인지 오로지 피붙이라곤 하나 있는 아들을 떠나서라도 살고 싶다고 하는지, 세상에 내 자식보다 더 멋있고, 아름다운 데가 있는건지. 나는 그 얘기를 들을 적마다 눈을 점점 크게 떠가며 함께 그녀의 그리움에 동조를 보내곤 했다. '세상에 얼마나 가고 싶으면…… . 세상에 얼마나 아름다우면…… .' 그 언니의 말처럼 천국 같은 곳일 거라고 믿어 의심치 않는다. 그리고 나도 꼭 가 봐야 할 곳으로 버킷 리스트 안에 남겨 두었다.

충청도 시골의 넉넉한 집안 딸이었던 언니는 고등학교를 졸업하고 바로 은행에 다녔다고 한다. 그 언니가 같은 동네에 사는 국민학교 동창인 남편과 결혼을 하고 캐나다로 이민을 갔을 때 처음으로 도착한 곳이 밴프였다고 한다. 보통은 대도시로 가는데 이 언니와 갓 결혼을 한 남편은 록키 산맥의 한 자락인 산골 마을 밴프라니 선뜻 이해가 가지 않았지만 언니의 남편이 한국

에서 이민 준비를 하면서 요리 학원을 다니며 일식 요리사 자격
증을 받았다고 한다. 캐나다 땅을 밟기도 전에 취직이 먼저 되었
는데 바로 밴프의 일식집이었다고 했다. 그래서 언니는 몇 달 동
안을 산골짜기의 꽃순이로 살아가게 되었다. 꽃이 예뻐도 너무
예쁘고, 말로 다 표현이 안 되는 예쁜이들이 매일 잔치를 벌이는
하늘 밑 바로 아래 동네였다고 한다.

6개월정도 지났을 무렵, 그녀는 아직도 풍경에 취해 행복하기
만 한데 그녀의 남편이 그곳을 떠나겠다고 말을 하더니 미련 없
이 떨쳐 버리듯 또 순식간에 토론토로 가게 되었다고 했다. 그때
언니는 아이를 임신한 상태였다. 캐나다에서 가장 큰 도시이면
서 온갖 문화와 인종이 어우러진 멜팅 팟인 토론토에서도 일식
요리사라는 기술 때문에 금세 직장을 찾아 안정이 될 수 있었다.
외박도 잦아지고 난폭해지는 남편이 무서웠지만 언니에게는 의
지할 수 있는 유일한 가족이었다. 손찌검을 당하면서도 갓 태어
난 아기를 위해 참고 살아야 한다고 스스로를 다독이며 간신히
살아가고 있던 어느 날, 또 화가 나서 길길이 날뛰는 남편이 아기
와 언니를 자신의 차에 태웠다. 비가 억수로 쏟아지던 초겨울 날
이었다. 운전을 하면서도 내내 욕지거리를 하는 바람에 어디로
가는 것이냐고 물어보지도 못하고 벌벌 떨며 아이만 안고 가던

언니를 어느 시골길에서 그냥 내리라고 했다. 이미 날은 어두워 앞이 보이지 않았다. 얼떨결에 태워진 거라 자신도 아이도 따뜻한 옷을 챙겨 입지 못하고 집을 나선 것이었다. 언니는 못 내린다고 안간힘을 썼는데 남자는 발악을 떨면서 언니와 갓난아기를 차 밖으로 끄집어내어 길바닥에 내동댕이 쳐 버렸다. 아기를 안은 채 필사적으로 남자의 다리를 안고 살려 달라고, 집에만 가게 해 달라고 애원했지만 남자는 발로 짓밟고, 걷어차더니 그대로 떠나 버렸다.

어디인지 알 수가 없었다. 사람도 안 보이고, 집이나 가게도 안 보이는 곳에 처참하게 버려진 언니는 오들오들 떨다가 걸음을 몇 발짝 떼어 보았다. 지나가는 차마저 없는 암흑같이 어두운 곳이었다. 비는 계속 내리고 옷은 다 젖어 자신과 아기가 죽을 것만 같은 공포를 느꼈다. 오도가도 못하고 아기와 같이 울며 정신을 거의 잃어 갈 때쯤 차 한 대가 지나갔다. 그들 모자를 보고 운전자는 일단 차를 세우고 놀래서는 거의 죽어 가는 이들을 차에 태웠다. 언니는 차에 타자마자 정신을 잃어버리고 말았다. 아이는 여전히 자지러지게 울고 있었다. 언니가 정신을 차렸을 때는 운전자였던 백인 부부의 따뜻한 집안이었다. 다행히 아기도 별 탈이 없었다. 젖은 옷은 다 따뜻한 옷으로 갈아 입혀져 있었고 아기는 두터운 담요 안에서 잠을 자고 있었다. 당시 언니는 영어를 할 수 없어서 그들이 묻는 말에는 제대로 된 대답도 못 하고 그저 땡큐! 땡큐!라고만 할 수밖에 없었다. 연락해야 할 가족이 있는지를 물어 오는 것 같았는데, 그럴 수 있는 가족 같은 건 이 캐나다 땅에서는 없었다. 그저 성깔 나쁘고 잔혹한 남편 한 사람이었는데, 그 사람을 다시 마주한다는 거 자체가 공포인 데다 전화번호 같은 건 생각나지도 않았다. 도리질을 할 수밖에 없었는데 마음씨 좋은 백인 부부는 따뜻한 음식을 가져다주며 나중에 천천히 방법을 찾아보자 하는 것 같았다. 다시 까무러치듯 잠이 들었다가 아이의 울음소리에 잠이 깨였다. 언니는 자신의 비참함과 아기가 너무 가여워 통곡을 하였다. 하루가 더 지나 집주인 부부는 천천히 말을 하며 차이니스인지를 물어 왔다. 중국 교회에 연락을 하겠다는 것이었다. 언니는 '아임 코리안, 노 차이니스.'라고 했다. 그들은 코리안 교회에 연락을 해서 통역을 찾아보겠다고 했다. 다행히 쉽게 한국 교회를 찾았고, 주인으로부터 자초지종을 들은 목사님과 통화를 하게 되었다. 곧 언니와 아기를 보러 오겠다고 하였다.

곧 한국인 목사 부부가 오셔서 언니와 아기를 데리고 그 집을 떠났다. 백인 주인 여자는 언니를 꼭 안아 주었고, 아기의 옷가지를 챙겨 주었다. 참 인자하고 좋은 사람들이었다. 생명의 은인이었다. 너무 걱정하지 말라고, 모든 게 다 잘될 것이라고 손을 꼭 잡고 진정으로 안타까워하며 위로를 해 주었다. 토론토로 다시 돌아왔다. 생전 모르는 사람들의 짐이 되어서 돌아왔다는 생각이 정말 치욕스럽고 절망적이었다. 가엾은 아기를 보면 가슴이 찢어지는 듯 아팠다. 몸 역시도 여전히 춥고 오한이 났지만 이제 어떻게 살아야 하는지를 생각하니 눈앞이 깜깜했다. 목사 부부는 방 하나를 내주며 편안하게 지내라고 하셨다. 그 후로 꽤 오랫동안 그녀 모자는 그 노목사님 댁에서 살았었고 이후에는 정부의 지원을 받아 아파트를 마련하고 아이를 키우게 되었다. 물론 직업을 가지게 되어 생활을 꾸려 나갈 수 있게 되었다. 교회는 그들 모자에게 가장 중요한 삶의 중심이 되었다. 세상의 단 한 사람에게서 버림을 받고, 또 다른 세상의 모두의 사랑과 관심 덕에 아이를 제대로 키우며 캐나다 생활을 버티어 나갈 수 있었다.

그 아이가 무럭무럭 잘 자라 내가 처음 보았을 때는 중학생 소년이었다. 엄마를 끔찍이 위하고 잘 챙기는 예의 바른 소년이었다. 역경을 이겨 낸 그들 모자가 너무도 훌륭하고 위대하게 느껴졌었다. 나도 아들을 키우는 입장이어서 그런지 언니의 아들을 볼 적마다 내 가슴에 통증이 느껴졌다. 너무 철이 일찍 든 모습에 마음이 저릿해서 견딜 수가 없을 정도였는데 엄마인 언니는 어떨지 참 상상이 안 갔다. 그래도 뭐가 어찌 되어도 해피 엔딩이었고, 또 앞으로 잘 살 일만 남은 그들이었다. 이제 언니는 돈을 열심히 벌어 집값이 비싼 토론토에 아파트도 한 채 있고, 자가용도 끌고 다니는 '있는 여자'였다. 무엇보다 엄마를 너무도 사랑하는 아들을 가진 엄청난 부자였다.

 "언니가 밴프에 가면 아들내미가 엄마 보고 싶을 땐 어떻게 해요? 토론토와 밴프는 너무 멀잖아요."라고 내가 말하면, 언니는 "그래서 그게 걱정이기도 하지. 근데 내가 거기 가서 살아야 우리 아들이 가끔 멋진 여행을 할 수 있잖아. 나는 꼭 밴프에 가서 살다가 거기서 죽고 싶어." 아마도 언니는 밴프에서의 추억 때문에 거기가 더 아름답다고 느낄지도 모를 일이다. 불행이 찾아오기 전의 지극히 행복했던 시절을 아름답게 기억하기 때문일지도. 아무튼 밴프에는 꼭 가야 한다. 꽃과 공기와 바람과 산과 하늘이 매일매일 천국처럼 아름다워서 고향 생각도, 가족 생각도 하나도 나지 않았다는 그곳엘 나도 갈 것이다. 언니와 멋진 아들 대니얼이 항상 건강하고 행복하였으면 좋겠다. 진정.

몬트리올, 퀘백으로 떠난 겨울 여행

　겨울 방학이 되어 텍사스에서 토론토로 온 딸아이와 아들, 셋이 몬트리올과 퀘백 여행을 가게 되었다. 겨울의 동부 지방은 추워도 너무 추웠다. 나는 몬트리올을 지난 9월에 일박 이일로 여행을 왔다가 다시 찾은 것이었다. 그 한 번의 낯익음이 뭐라고 어디를 가도 몇 번 와 본 것처럼 친숙했고 편안했으며 방향이나 버스, 지하철 노선을 몰라 헤매는 일도 없었다. 그때처럼 어디를 들어가도 나는 영어로 주문을 하고, 그들은 불어로 대답을 하고 그래도 음식이 다 제대로 나왔다. 이틀 동안은 마침 '빛의 축제'를 하는 시내를 오가며 시간을 보내고, 3일째 되는 날은 여행사의 패키지를 예약해 퀘백 여행을 했다. 동화 속의 나라처럼 아름다운 전경이었다. 특히 크리스마스를 앞두고 있었던지라 반짝거리는 불빛 장

런던의
길고양이

식이 가득한 거리가 너무 예뻤다. 추위도 마음이 환해지는 매력적인 도시였다. 카페에서 뜨거운 차와 케이크를 먹는데, 딸아이가 대만 중학교 시절의 친구 하나가 교환 학생으로 뉴펀들랜드에 살고 있다고 해, 헛웃음이 터져 나왔다. 일 년에 열 달 정도는 더운 나라에서 왜 하필 가장 추운 지방, 그야말로 동토의 왕국으로 교환 학생을 간 건지. 너무 안타까웠다. 캐나다 구스 두 벌을 껴입어도 해결되는 추위가 아닐 텐데…… 사진을 보니 너무 반듯하고 잘생긴 아이였다. 몬트리올로 돌아와서는 상하이 음식점에서 뜨거운 국물 요리를 시켜 먹었다. 그다음 날 우리는 버스를 타고 오타와를 향해 떠났다. 오타와도 설국이긴 마찬가지였다.

캐나다의 수도는 오타와이다. 토론토가 아니라. 도시 규모가 훨씬 작아 많은 사람들이 토론토를 캐나다의 수도로 알고들 있다.

국회 의사당 건물 투어를 하고, 국립 미술관과 갤러리를 돌아보고, 마켓 안의 작은 식당에서 밥을 먹고 또 밤에는 토론토로 가는 기차를 타야 하는지라 대만 식당에서 저녁용으로 도시락들을 하나씩 주문을 했다. 그걸 만드는 시간이 너무 많이 걸려 재촉을 해야 했고, 이미 늦어 버려서 날듯이 호텔로 돌아와 맡겨 놓은 가방들을 픽업해 기차역으로 향했다.

추운 겨울의 여행은 추억도 얼게 한다는 것을 알게 되었다.

✿ AGO
– 온타리오 뮤지엄

　내 영혼의 안식처였던 곳이다. 나는 시시때때로 자주 이곳을
들렀다. 커피숍에서 늦은 밤의 커피를 마시기도 도심 한가운데
의 풍경을 즐기기도 하면 외롭지만 내 영혼이 풍성해지는 듯한
느낌이 들었다. 춥고 비 오는 날의 그림들은 또 맑고 따뜻하거나
덥거나 하는 날들과 주는 느낌이 달랐다. 다운타운을 걷다가, 주
변 한인 식당에서 김치찌개를 먹다가 이튼 센터에서 쇼핑을 하
다 가도 그냥 들르게 되는 곳이 이 온타리오 뮤지엄이었고 자주
보다 보니 그림들이 마치 나의 친구들처럼 가깝게 느껴졌다. 가
장 좋아하게 된 화가는 알렉스 콜빌(Alex Colville)이었다. 그 외
에도 아주 아름다운 작품들이 아주 많았다. 위대한 작품이라기
보다 인간적이고 따스하며 위안을 얻을 수 있는 그림들이었다.

런던의
길고양이

그게 거기 있어서 참 다행이었다. 그렇지 않다면 늘 걸어 다니고 혼자 시간을 보내는 나에게 무엇이 남았을까? 토론토는 그랬다. 걷다가 미사 시간을 알리는 종소리가 울리면 거기의 성당으로 가서 무릎을 꿇으면 되었고, 걷다가 지치면 주저 없이 가까운 도서관엘 가고, 허기지면 팀홀튼에 들어가 커피와 도넛을 시켜 먹는다. 시간이 좀 나면 트램을 타고 하버 프론트엘 가고 더 시간이 나면 페리를 타고 토론토 아일랜드를 가면 된다. 오늘은 감자탕을 먹고 내일은 화덕 피자를 먹고 그다음 날은 광동 차오미엔을 먹고 그다음 날엔 그리스 식당에 가서 기로를 먹고, 어느 날은 잠발라야를 먹기도 하고 또 마포 토우프와 마마 덤블링과 얌차이를 먹는다. 박물관 주변을 돌고 돌며 내 한때의 시간들이 평안하게 흘러가고 있었다.

Avenue Road 풍경

    나의 일상은 늘 그랬다. 유대인들이 산다는 부유한 동네에서 딱 소박하게 살기 좋은 아파트의 방 하나를 얻어 살았다. 시간이 나면 골목골목을 산책 다니는 재미로 살았다. 달라스의 집들처럼 스케일이 크진 않지만 아기자기한 집들이 예쁜 동네였다. 아침엔 버스와 지하철을 무려 4번이나 갈아타고 카페테리아로 출근을 하였다. 내가 달라스에서 5년 동안 한 것과 같은 비즈니스인데, 역시 한국 사람이 오너이고 나를 채용한 이유는 메뉴 개발 때문이었다. 그래서 나는 내 카페테리아의 메뉴들을 넉 달에 걸쳐 가르쳐 주었고, 바쁜 시간엔 캐셔를 보았다. 꽤 많은 보수를 받았고 그 돈은 내 토론토 생활에 꼭 필요한 만치여서 요긴하게 잘 썼다. 집으로 돌아오면 3시쯤이 되었고 5시경이면 저녁 산책을 나갔다. 한 시간을 동네 구경을 하면서 매일 걸었다. 가끔 집

런던의
길고양이

에 있기 싫은 날은 스타벅스나 팀홀튼 세컨드 컵에 아이패드를 들고 가서 영화를 보았다. 강아지를 데리고 산책하는 어떤 초로의 남자는 자기 강아지가 말도 안 듣고 못됐다고 지나가던 나에게 하소연을 해서 "그럼 내가 데리고 갈까요?" 하니, 더 이상 대꾸를 하지 않고 저쪽 길로 얼른 사라져 버렸다. 와인 가게에서 카트를 밀고 나오는 남자가 그걸 놓쳐서 카트는 순식간에 내 쪽으로 밀려왔다. 발로 걸고 손으로 붙잡고 해서 와장창할 수도 있는 사고를 면할 수 있었는데, 다 내가 한가하게 산책이나 하고 있는 덕분이었다.

딱 봐도 오랜 역사를 가진 듯한 모자 가게 앞을 지날 적마다 '대체 누가 여기에서 모자를 살까?'라는 생각이 들 정도로 고급스럽긴 하지만 올드한 스타일의 모자들만 모아 놓은 듯했다. 매일 그 가게 앞을 지나다 보니 주인인 듯한 나이 많은 여성이 나와 마주치면서 인사를 하게 되었고, 내가 마침 두르고 있는 스카프가 참 멋지다고 말을 했다. "아, 이거요. 발렌티노예요. 우리 아버지가 나 고등학교 졸업할 때 선물로 주신 거예요."라고 대답했다. 나는 이 스카프를 처음 받았을 때, 19살짜리 여고를 갓 졸업한 내게 왜 이런 칙칙한 고동색 스카프를 선물해 주신 건지 불만이어서 누군가에게 주려다 몇 번을 참았었다. 뭔가 남 주긴 아까운 생각도 들었고, 이상하게도 보면 볼수록 색의 조화가 아주 신비롭게 끌렸다. 짙은 브라운과 보라색과 겨자색이 어울러진 실크 스카프였다. 물론 아직도 간직하고 있다. 간혹 사람들에게서 멋지다라는 말을 듣는다. 아버지의 선물을 37년째 간직하고 있다.

한 식당은 하루에 딱 한 번 예약된 손님들을 한 테이블만 받는 잘난 척 되게 하는 식당이었다. 밖에서 보기에도 식당은 아주 작았지만 뭔가 되게 비밀스럽고 고급스러워 보였다. 가끔 거길 나오는 사람들의 얼굴은 뿌듯함으로 상기되어 있었다. 하루에 딱 한 테이블만 요리를 제공해 주는 레스토랑이라니 참 굉장하다 싶었다.

나는 늘 혼자였지만 참 잘 살았다. 일단 매일 운동 삼아 한 시간을 걸었고, 일요일이면 이것저것 클래스를 찾아 다녔다. 아이의 밥을 해다 주기도 하고, 나 혼자 사는 생활이니 단출하기 이를 데 없었고 무엇보다 자유로웠다. 침대도 나의 것이 아니고, 책상도, 식탁도 나의 것이 아니었지만, 그럼에도 불구하고 불편함보다는 삶의 무게가 가볍게 느껴지고 자유롭고 좋았다 어느 날엔가는 외로워서 죽을 것 같은 순간이 오면 홀푸드 마켓에 가서 사치스러운 장을 보고, 그도 아니면 다운타운을 걸어 다니고, 아니면 토론토 시립 도서관에 가고 또 그도 아니면 하버 프론트에 가면 우연히 만나게 되는 에이나와 이야기를 나누거나 무작정 걷든지 아니면, 내가 좋아하는 서점 인디고에서 책을 내내 읽는다든지 했다.

홀로 떠다니는 것 같았지만 자유롭기 그지없었다.

4

픽업 트럭으로 떠난
로드 트립 이야기

나는 늘 흔들리며 산다, 라스베가스에서

달라스에서 네바다주의 라스베가스까지는 운전으로 꼬박 2박 3일이 걸렸다.

이것 역시도 아침에 즉흥적으로 떠난 여행이었다.

서쪽으로, 서쪽으로 끝없이 이어진 길을 달리다 보면 차도 지치고 운전하던 우리도 지쳤다. 특히나 사막을 횡단하는 12시간은 마음마저 삭막해지는 듯했다.

몇 년 전, 아이들이 고등학생이고, 중학생이었을 때 우리 가족은 뉴맥시코 주의 싼타페로 가느라 이 길을 똑같이 횡단했었다.

그때 나는 막 서점에서 사 들고 온 '네가 어떤 삶을 살든 나는 너를 응원할 것이다.'를 무릎 위에 올려놓고 간간이 읽어 가며, 사막을 지나갔다. 차를 타고 스쳐 지나는 것만으로도 그 지방의 척박함이 느껴졌다.

이번에도 드는 생각. '내가 만약 이곳에 태어나고 자라서 또 다른 곳은 생각할 무엇도 없이, 꼼짝없이 여기에서 살아야 한다면?' 저절로 내가 한국의 서울 한복판에서 나고 자란 사실이 감사해졌다. 가끔은 이렇게 뜻밖에 내 태생에 대한 감사를 드리기도 한다.

마냥 불만만 있는 것은 아니다.

4월 중순이지만 이미 애리조나와 라스베가스는 뜨거운 열기를 뿜어내고 있었다.

"애리조나에 살아도 좋지 않겠어? 애리조나가 캘리포니아, 콜로라도, 뉴맥시코와 붙어 있어서 여행 다니기는 좋다던데……."
나는 아무데나 너무 척박하지 않으면 한 번 살아 봐야겠다 하는 마음을 가지는 타고난 방랑 기질이 있다. 그냥 지나가면 될 것울. 너무 골똘히 만약 여기에 살게 된다면? 하는 가정에 쉽사리도 빠져든다. 그래서 홍콩엘 가면 구룡과 홍콩섬 사이를 배를 타고 왔다 갔다 하게 거기에서 살고 싶었고, 제주도에 가니 섬이라고 해도 시장에 없는 것이 없어 거기 살아도 그만이겠다는 생각을 15년 전에 했었고, 인도네시아의 발리섬에서는 사람들이 너무 착해서 그들과 더불어 살면 덩달아 착하게 묻어서 살 수 있겠다는 착각에 그곳에 살고 싶은 마음이 들기도 했다.

햇살은 뜨거워서 살결이 따끔거렸지만, 라스베가스에서는 사람 구경하는 재미로 살 수 있을 것 같았다. 출출한 배를 채우기 위해 베네치아 호텔 안을 뒤져 가며 식당을 찾아내고, 사람들 모두가 멋쟁이 차림으로 거리를 활보하니 나 역시 신나게 그들 사이에 묻혀 거리를 휩쓸고, 필요하지도 않은 쇼핑을 하고, 카지노에서 '딱 20불 어치만 놀자.'며 놀 줄도 모르는 기계들을 어루만지고, 수영장에도 들어갔다가, 기념품 가게에도 들어갔다가, 거한 저녁 식사를 하겠다고 불빛이 더 반짝이고 종업원이 더 많은 식당에 들어가 반도 못 먹을 음식을 시키는 사치를 부리기도 하면서······. 아, 라스베가스가 보였다.

'이다음에 늙어서 삶이 너무 지루해지고, 또 파트타임이라도 일을 해서 돈을 벌고 싶을 때에는 라스베가스로 오면 되겠구나.'

런던의
길고양이

젊은이들은 '노세 노세 젊어서 노세.' 하느라고 관광객처럼, 손님처럼 놀러 다니고 있고, 대부분의 가게나 식당, 호텔, 카지노에선 나이 지긋한 초로의 연장자들이 일을 하고 있었기 때문이다. 나이 들수록 신나는 도시에 살아야 한다는 것이 나의 지론이다.

신나게 놀아야 하는 것이 젊은이들의 특권이라면 그렇게 하라고 서비스를 해 주는 것이 나이 든 사람들의 역할이 될 수도 있겠구나 하는 생각이 들었다.

그렇다고 라스베가스가 돈이나 흥청망청 쓰며 쇼나 보고 도박이나 해대는 그런 퇴폐적인 도시는 아니었다. 그저 길거리의 벤치에 앉아 아이스크림을 하나 먹으며 사람 구경만 해도 신이 나는 축제의 도시였다.

늘 흔들리며 사는 나를 위안해 주는 것은 라스베가스를 행복한 얼굴로 돌아다니는 사람들의 모습이었지, 카지노 혹은 돈다발이나 해가 지면 시작되는 호텔 앞 불쇼가 아니었다.

나는 왜 늘 흔들리며 살까? 내가 가지고 있는 이 불안감과 초조감은 어디에서 비롯되는 것일까……. 늘 나 자신에 대해 물음을 묻고 묻고 또 묻고는 하지만 답은 없다. 내 인생은 이렇게 불안 장애와 미래에 대한 초조감으로 범벅이 되어 있다. 혹여나 나 자신이 문제는 아닐까? 이렇게 자책을 하며 내린 결론은 바로 나 자신이라는 대답밖에 할 수가 없고, 그러면 더 절망감에 빠지게 된다. 누군가 나 아닌 타인 탓을 할 수 있다면 무언가 해결이 되지는 않을까? 나는 타인에게 나의 곤혹스러운 감정을 이해시키는 재주도 없었고, 또 나의 불안을 남 탓을 하며 원망하기엔 그건 좀 비겁하다는 생각이 들었다. 하지만 가끔 나도 나 자신을 예뻐 해 주고 싶다.

스스로 느끼는 나 자신의 못남에 종종 가슴 아프곤 한다. 내 잘못을 남의 핑계를 대며 도피를 하고 싶을 때가 있기는 하지만 그게 잘되지는 않는다.

오렌지 비치
– 앨라배마의 바닷가 마을

『오렌지 비치』라는 예쁜 책을 온라인으로 주문한 적이 있었다. **'꿈꾸던 삶이 이루어지는 곳'**이란 부제 또한 가슴을 울렁이게 만드는 책. 이 책을 다 읽었을 때는 진짜 오렌지 비치에 가고 싶어졌다.

여러 개의 스토리가 단편적으로 들어 있는 옴니버스 스타일의 책이다. 오렌지 비치를 배경으로 갈등하고 방황하는 사람들이 존스라는 어디에서 왔는지 어디로 가는지를 알 수 없는 노인과의 대화를 통해 깨달음을 얻는다는 내용이다. 소설 같지만 읽는 이를 계몽하려는 의도와 교훈이 늘 결말을 장식하므로 '자기 계발서'가 맞을 것 같다. 이때의 나는 아직 책 읽는 것에 큰 의미를 두었고, 또 그것이 나의 흔들리고 산만한 삶의 중심 같은 것이었다.

지금도 가장 인상 깊게 남아있는 구절은 "아직 포크를 놓지 마라. 끝내주는 게 남아 있으니."이다. 준비된 사람만이 기회를 누릴 수 있다는 뜻인데 정말 오렌지 비치에 가면 저런 교훈을 얻을 수 있을까? 보다 더 행복해질 수 있을까? 나는 오렌지 비치가 궁금해져서 언젠가는 가 보아야지 하는 궁리를 했다. 딸아이가 막 대학에 들어가고, 기숙사로 이사를 나간 그 늦여름에 나는 떠나는 아이의 뒷모습에 눈물지었다. 아이가 벌써 자라서 부모 품을 떠나 타지에서 독립적으로 생활한다 하니 외롭고 슬프기까지 했다. 그 쓸쓸함이 무색하게도 아이는 일주일 만에 다시 집으로 돌아왔다. 노동절 연휴였기 때문이다. 나는 부랴부랴 간단한 짐을 꾸려 남편에게는 무조건 앨라배마로 가면 된다는 말을 하고는 네 가족이 즉흥적인 로드 트립을 떠나게 되었다. 동쪽으로 내내 운전을 하면 7시간 만에 텍사스 경계선을 지나고 그다음은 루이지애나를 지나고 그다음은 앨라배마인데, 그 앨라배마와 플로리다 사이에 끼어 있는 조그마한 바닷가 마을이 책 속의 배경이 되는 '오렌지 비치'였다.

텍사스를 빠져나가는 데만 너무 많은 시간이 걸려 우리는 하롯밤을 루이지애나인지 미시시피의 어딘지 기억도 안 나는 곳의 모텔에서 하룻밤을 묵었다. 이튿날 정오를 지나 간신히 도착하니 황당하게도 허리케인도 함께 도착했다. 이름도 하필 'Lee'였는데 내가 몰고 온 허리케인임이 틀림없었다. 플로리다의 펜사콜라 비치가 바로 한 시간 거리에 있는 걸프 해협을 앞으로 두고 있는 바닷가 마을은 비바람에 호텔들도 바닷물도 하늘의 구름들도 휘청거렸다. 가장 좋은 로케이션의 오렌지 빛깔을 한 호텔에 방을 잡았는데, 요동치는 바다와 엄청난 폭우의 풍경에, 행복해지는 방법을 찾아가기는커녕 하루 종일 호텔 룸 안에서 허리케인만 구경하다가 가는 거 아닌가 싶었다. 바닷가의 날씨는 참 변덕스럽다는 게 만국의 공통점이 아닐까 싶다. 무시무시한 경고 알람도 울렸었건만 오후 늦은 시간엔 거짓말처럼 아주 조용하고 평화로운 바닷가 풍경으로 변신을 했다. 그 많은 사람들이 어디에 있었던 건지 바닷가는 금세 북적였다. 햇살은 언제 그랬냐는 듯 쨍쨍해졌다. 모래 사장 위를 걷고 난 후, 차를 타고 드라이브를 하면서 보니 한 상가 건물에 책 속의 배경이었던 드래곤 차이나 식당, 사설 우체국, 네일숍, 슈퍼마켓이 그대로 보였다. 작가는 극사실주의였던 모양이다. 이왕 책 때문에 온 거, 있는 그대로를 체험할 겸 드래곤 차이나에 가서 저녁을 먹겠다고 하니, 아들과 남편은 바닷가에 와서 바다 요리를 먹고 싶다고 해산물 뷔

페 식당엘 갔다. 해산물 알러지가 있는 딸은 나와 함께였다.

　영어로 주문을 하고 한국어는 쓸 일이 없어(대만에서 태어나 거기에서 유치원과 초등학교를 나온 딸아이와는 중국어로 소통을 한다.) 딸아이와 영어와 중국어를 섞어 속닥거리고 있는데, 주인인 듯한 남자가 서버에게 "저기 저 한국 사람 테이블에 가져다주어라." 하는 소리가 들렸다. 내가 한국 사람인 줄을 어떻게 알았는지 모르겠지만 오렌지 비치에서 오렌지도 아니고 바다 음식도 아닌 중국 음식을 맛있게 잘 먹었다. 신나게 랍스터와 킹크랩을 먹느라 시간이 지체되는 남편과 아들을 기다리면서 이 가게, 저 가게 기웃거리면서 괜히 신나했다. 책에 나온 곳들을 순례하는 색다른 재미가 있었다. 하지만 세상의 중심으로부터 한참 멀어져 있다는 소외감이 드는 바닷가 마을이라 희한하게도 부러운 마음은 들지 않았다. 여기저기 다니다 보면 웬만하면 여기 살면 좋겠다~ 하는 마음이 너무 자주 들어서 탈인데, 오렌지 비치는 이름만 오렌지 비치이고 살면 불편할 게 더 많을 것 같다는 부정적이 생각이 드는 보기 드문 여행지였다. 갈등과 번민 끝에 해피 엔딩을 맞는 책 속의 주인공들처럼은 되지 못할 것 같다는 생각이 들었다.

런던의
길고양이

지난 번 싼타페에 갈 때 아이들이 왜 여길 가는 거냐고 물어 왔듯이, 이번엔 남편이 물어 왔다.

"여긴 대체 왜 온 거야?", "아. 책 때문에 왔어. 내가 오렌지 비치라는 책을 읽었거든. 책 제목에 꿈꾸던 삶이 이루어지는 곳이라고 되어 있어서…… 궁금해서." 그리고 그는 아무 말도 하지 않았다.

❊싼타페
– 조지아 오키프의 영혼이 머무는 곳

달라스에서 뉴멕시코주의 싼타페까지는 열 시간이 걸린다. 그 때 나는 카페테리아를 운영하고 있었는데 추수 감사절 연휴로 가게 문을 4일 동안 닫을 수가 있어서 떠나게 된 로드 트립이었 다. 서부로 향하기는 처음이었는데, 정말 텍사스는 광활해서 가 도가도 여전히 텍사스 안이었고, 6시간의 고된 운전 끝에 도착한 텍사스의 최북단 도시 아마릴로에서 모텔을 잡아 하룻밤을 묵 었다. 그다음 날 우리는 경악을 했다. 아침에 정신을 차리고 보 니 룸이 너무 더러웠던 것이다. 커피색으로 알록달록한 벽지 위 엔 모기 한 마리가 벽에 박제된 듯 붙어 있었는데 핏자국마저도 선명했다. 텍사스의 시골의 깊은 밤은 여행객들이 오로지 잠을 자기 위해 묵을 모텔 룸이 깨끗한지 어떤지를 가늠할 수가 없다.

몸과 마음이 다 지치기 때문이다. 부랴부랴 다시 차에 올랐다. 1
박 2일 만에 텍사스를 벗어나 뉴멕시코주에 들어섰는데, 텍사스
는 광활해도 기름이 나는 곳이라 풍요로운 느낌은 드는데 비해
그곳은 삭막함과 메마른 풍경만 펼쳐진다. 사막 지대인 것이다.

"우리 지금 여기 왜 가고 있는 거야? 거기에 가면 뭐가 있는
데?" 애당초 뉴멕시코에 대한 관심이 없었던 아들이 물었다.

"싼타페, 이름만 들어도 아주 멋있잖아. 그래서 가 보고 싶어
서…… 예술가들이 모이는 곳이래. 왜 예술가들이 거기 모이는
지 보려고. 예전에 미야자와 리에라는 너무너무 예쁜 일본 여배
우가 있었는데, 싼타페에서 누드를 찍었었거든." 아이들은 황당
하다는 표정을 지었다.

"그래서, 일본 여배우의 누드집 때문에 이렇게 가도가도 끝없
는 길을 달리는 거야?" 하는 얼굴이었다.
    마침 사막 위로 쌍무지개가 떴었다. 그걸 향해 무작정 달리다
싼타페에 간신히 도착했을 때엔 저녁 무렵이었다. 눈이 펑펑 내
리는 싼타페의 풍경은 을씨년스러우면서도 고독한 예술적인 분
위기를 풍겼다. 인디언들이 사는 동네여서 그들의 건축물들은

특이하고 도시 전체가 참 유니크했다. 미국이라기보다는 너무나도 낯선 행성에 온 느낌이 들었다. 그곳에서 이틀을 묵을 예정이었고, 호텔 식당에서 저녁을 먹고 거리를 돌아다니며 그들 특유의 예술적 분위기를 만끽했다. 그다음 날이 추수 감사절이라, 온 식당과 가게가 문을 닫을 것이라며 휴대용 버너와 가스를 차에 실으라고 했었다. 물을 끓여 컵라면을 끓여 먹든지 간단한 음식을 만들어 먹을 생각이었다. 건망증이 심한 남편이었기에 몇 번을 신신당부했건만 버너는 신경 써서 차 트렁크에 실었지만 프로판 가스와 컵라면이 함께 든 쇼핑백은 차고에 그냥 내버리고 온 모양이었다. 나는 가게 정리를 마치고 남편이 픽업을 해 주기로 했었기 때문에 마지막 확인을 할 수가 없었다. 그다음 날 하루 종일 거짓말처럼 쫄쫄 굶어야 했다. 정말 단 한 군데의 식당이 문을 연 데가 없었고, 대신 활짝 문을 연 조지아 오키프(Georgia O′keeffe)의 미술관에 갔다. 빵과 베이컨과 달걀 프라이대신 오키프의 그림 구경으로 배를 불렸다. 마치 여성의 생식기를 연상케 하는 커다란 꽃잎의 그림들. 누구도 그림의 소재로 삼던 적이 없었던 동물들의 뼈 그림과 그녀의 남편이었던 알프레드 스티글리츠(Alfred Stieglitz)가 찍은 그녀의 수많은 사진들을 찬찬히 구경하는데 해설자는 나이 많은 백인 여성이었다. 나는 그녀에 대한 동경이 예술가의 그림보다 더 열렬해졌었다.

런던의
길고양이

"나도 저런 도슨트가 되고 싶어. 지금은 내가 비록 식당 주인이지만 이다음 더 나이들면 난 꼭 저걸 할 거야"라고 딸아이에게 말하니, "영어를 잘해야 되는 거지 아무나 할 수 있는 게 아니야."라고 아주 야멸차게 말을 하였다. 음~ 내 영어론 안 된다는 말이구만. 열정과 동경만으로는 아무 일도 할 수 없다는 걸 사춘기 딸아이가 깨우쳐 주고 있었다. 영어 공부를 해야 하고 말고……영어를 유창하게 해야 하고 말고.

조지아 오키프가 말년에 그녀의 비서이자 친구이며 연인이었던 인디언 청년과 함께 살았던 집에도 가 보았다. 그사이 미야자와 리에의 누드집은 까마득하게 잊어버렸다. 을씨년스러운 사막의 추위 속에서 들어가 볼 개인 갤러리들도 많고, 또 거리에서 그림을 그리는 인디언 예술가들도 많아 예쁘장한 일본 여배우는 생각도 나지 않았다. 춥고 허기진데 예술만 넘쳐 나는 하루였다. 그 이튿날 아침엔 가장 맛집으로 소문난 식당으로 저돌적으로 들어서서 멕시칸 음식을 배불리 먹으며 행복해했다. 세상에 다시 없을 꿀맛 같은 타코와 부리토였다. 먹고 사는 게 이렇게 중요한 일이라는 걸 절실하게 깨달은 굶주림이었다. 돌아올때는 아마릴로의 모텔 방에 대한 기억 때문에 곁눈질도 하지 않고 열 시간을 내리 운전해 집에 도착했다. 이제 아마릴로는 나에게 인도인이 하던 모텔의 모기 시체가 벽에 붙어 있던 구질구질함으로 기억될 것이었다. 도착한 다음 날, 연휴의 마지막 아침엔 바로 크리스마스 트리를 사러 나갔다. 추수 감사절이 가고 이제 크리스마스가 올 차례였다. 넘치지도 또 모자라지도 않게 적당히 행복하게 살던 시절이라 좀 멋진 장식으로 마지막 달을 보내고 싶었다. 밤이 되면 환하게 불빛이 켜지는 사슴 몇 마리가 우리 집 앞 뜨락에 그 12월 내내 서 있었다.

뉴올리언스
– 오래된 도시

내가 뉴올리언스를 방문한 것은 무려 3번이나 되었다. 재즈를 사랑해서? 그건 아니고 2000년도 초등학교와 유치원에 다니던 아이들을 데리고 방문했을 때가 처음이었다. 그때는 네비게이션도, 지도 앱도, 스마트폰도 없던 시절이라 지도책을 보면서 로드 트립을 했다. 지도를 보면서 낯선 곳을 운전하는 그 재미는 사실 굉장한 거였다. 참 대단한 것이 미국의 도로는 지도와 조금의 차이도 없었다. 아무리 작은 길이라도 그 명칭이 맞았고, 그 번호가 맞았으며 실거미 같은 길들이 다 이름이 있었다. 손가락으로 길이를 재어 가며 시간을 예측하며 다니면 그것마저도 거의 다 맞았다. 그래서 나는 꽤 오랫동안 미국 지도책을 들여다보는 것이 취미이기도 했었다.

뉴올리언스의 번화한 시내, 버번 스트릿을 들어서기 전에 우리 가족은 먼저 박물관에 들렀었는데, 나는 거기에서 마리 앙투와네트의 대형 초상화를 처음 보았다. 막 사우나탕에서 나온 듯한 빨간 볼과 새하얀 피부의 복스럽게 생긴 마리 앙투와네트의 초상화 앞에서 떠날 줄을 모르고 계속 쳐다보았다. "그런 쓸데없는 소리는 왜 해서?" 빵이 없으면 케이크인지 과자를 먹으라고 했다던, 말은 한 번 나가면 주워 담을 수가 없다. 진짜 그 말을 했는지 모르겠지만 그 말 한마디가 역사에, 온 세계인의 뇌리에 길이길이도 남으리라고는 생각지도 못했겠다 싶다. 우리나라의 선덕 여왕이 무슨 말을 했는지는 아는 사람이 없겠으나, 남의 나라 철없는 왕비가 한 말은 애들 빼고는 다 아는 말이 되었으니, 참 어쩌랴. 그리고 바로 얼마 전 마리 앙투와네트 영화를 보았었다. 프랑스 혁명 끝에 사랑하는 어린 아들을 빼앗기는 장면이었는데, 나는 그걸 보면서 난생처음 그녀가 가여워서 눈물을 철철 흘렸다. 이미 죽은 사람만 아니면 내가 군대를 동원해서라도 구해 주고 싶은 마음이 들 정도였다.

그녀의 초상화만 기억나는 뉴올리언스 박물관은 배가 고파 와서 다 둘러보지도 못 하고 서둘러 시내로 나섰다. 프랑스 이민자들이 모여 만든 도시라서 프랑스풍 건축물이 많다고 한다. 미시시피에서 뉴올리언스까지 흘러 들어온 강물이 넘실대는 고즈넉한 리버 사이드에서는 색소폰 연주자가 연주를 하고 있었다. 좁은 길들로는 마차들이 끊임없이 관광객을 태우고 돌고 또 돌고 하였다.

15년 만에 다시 갔을 때도 색소폰 연주자는 여전히 강가에 있었고, 마차들도 변함이 없고 식당의 메뉴들도 변함이 없는데 나는 34살에서 49살이 되어 있었다. 자꾸만 아이들의 어린 시절이 그 거리에서 떠올랐다. 그렇게나 작고 귀여웠던 아들은 5살에서 스무 살 청년이 되어 토론토에서 혼자 대학을 다니고 있다. 미국 여행에 신났었던 초등학교 1학년의 딸은 벌써 대학 졸업을 하고 인턴을 하며 직장인이 되어 있었다. 아이들이 떨구어 놓고 간 추억의 공간에서 속절없는 시간의 흐름을 아쉬워했다. 식당에서 주스인 줄 알고 마신 게 알코올류여서 그대로 테이블 위에 뻗었다가 애피타이저를 다 먹을 때쯤 스르르 깨어났다. 화장실에 가서 한 번 더 까무러지듯 정신을 잃었다가 바로 정신이 들어서 제대로 식사를 할 수 있었다. 이런저런 알러지 많은 내 잘못이지 그 누구를 탓할 수 없어 어지러워도 꾹꾹 참았는데, 남편은 모처럼의 뉴올리언스가 흥에 겨워 아무것도 눈치를 못 챘다. 우리는 보트 낚시를 예약한 게 있어서 무려 3박 4일을 그 좁은 버번 스트릿을 왔다 갔다 하며 지냈다. 재즈도, 검보도, 해물 튀김도 좀 지겨워졌다. 잭슨 스퀘어에 앉아 있다가 타로점을 보았다. 뭐든지 다 좋다고 했다. 여행도 무사히 잘 할 것이고, 당신의 인생은 걱정할 무엇 없이 평탄하게 잘 흘러갈 것이며, 조금 후에 먹을 저녁 식사마저 최고가 될 것이고, 우리 부부는 에브리띵 파인, 에브리띵 오케이가 될 것이라고 했다. 나는 언제나 돈 문제가 궁금하다. 어렵게 궁핍하게 살게 될까 봐 그게 걱정이다. 내가 "내가 부자가 될 수 있을까요?"라고 물으니, 돈은 원하는 만큼 갖게 된다고 했다. 자꾸만 에브리띵 굿!이라서 더 뭘 물어보는 게 쪼잔하게 느껴질 정도였다. 타로 아주머니가 '행복 전도사인가?' 하는 생각이 들었다. 하긴 문제가 있고, 지금 현재가 어려운 사람이 이 뉴올리언스의 거리에서 관광을 하고 있겠는가? 돈 주고 안 좋다는 소리 들었으면 그것도 괜히 봤다고 후회했겠지만, 뭔지 모르게 석연치가 않았다. 역시 나는 참 쓸데없는 짓을 잘한다.

런던의
길고양이

테네시
– 그레이트 스모키 마운틴즈

나는 이 산에서 트레일을 걷고 하이킹을 하는 시간이 너무 행복했었다. 달라스를 떠나 첫날은 알칸사스를 지나 미시시피에서 하룻밤을 지낸 뒤 테네시주의 내쉬빌, 조지아주의 아틀란타를 거쳐 둘째 날에는 테네시주와 노스 캐롤라이나에 걸쳐 있는 국립 공원인 그레이트 스모키 마운틴스에 당도하였다. 그랜드 캐니언, 옐로스톤과 함께 유명하고 사람들이 꼭 가 보아야 할 산으로 꼽힌다. 평지에서만 살다가 모처럼 산을 보니 다른 세상을 보는 것만 같았다. 스모키 마운틴스라는 이름은 수많은 산봉우리를 자욱한 안개와 구름이 휘감고 있어서 붙여진 명칭인데, 나무들이 울창한 숲에서 뿜어내는 수증기가 푸른 안개가 되어 장관을 이룬다고 한다. 하이킹을 하다가 저기 멀리 보이는 산들의 능선을 바라보고 있자면 내가 살고 있는 인생이 아무것도 아닐지도 모른다는 생각이 든다. 흑곰의 서식지이기도 하고, 수많은 동식물들이 이 산을 스윗홈 삼아 살고 있다고 한다. 내가 예약을 한 호텔은 산 아래 동네의 호텔과 상점들이 즐비한 지역이었는데 또 몇 걸음 걷다 보면 한적한 주택가이기도 하고 대형 쇼핑몰도 가까운데 있어서 거기에 살아도 불편함이 없겠다는 생각이 들었다. 이왕 사는 거 자연이 주는 혜택이 가까운 곳에 살면 삶이 더 풍요로워지지 않을까 하는 생각이 나이 들어가며 든다.

돌리 파튼의 테마 공원이 있는 곳이기도 하다. 〈나인 투 파이브〉를 언제 적부터 들었는지 모르겠다. 모습은 딱 쎈 할머니 그 자체인데 목소리는 십 대 이십 대의 감미로움과 통통 튀는 매력이 있는 돌리 파튼, 그녀가 자신의 고향에서 경영하는 놀이동산이다. 산 능선이 주는 아름다움과 느낌과 감동이 있다. 이 산, 저 산 다 우거져 있지만 저마다 살아 숨쉬는 호흡의 방법이 다른 산맥들. 산이 주는 웅장함과 포근한 안정감이 있다. 잠시 살아온 날들을 돌아보게 하고 대자연 앞에선 아무것도 아니라는 겸손한 마음도 가지게 된다. 세상의 모든 것이 쓸모없는 것이 없겠지만, 우리는 자연으로 돌아가야 하고 자연을 훼손하는 행위를 해서는 안 된다는 가르침을 얻게 되는 시간이기도 하였다. 트레일을 걸으며 내 발길에 부딪치는 수많은 돌과 나무가지와 눈에는 보이지도 않는 벌레들이나 몰래 숨어서 인간을 보고 있을 동물들이 콘크리트 고층 빌딩이나 자동차보다 훨씬 소중하다는 생각을 했다. 그래서 그런 것들에게는 가격이 붙지 않는 거라고. 돈으로 계산할 수 없을 만치 중요하고 절대적인 것들.

아침을 먹고 있으니 젊은 서버가 명함을 내밀어 주고 갔다. 기념품 가게의 것인데, 남편은 꼭 가 보겠다고 아주 정성스럽게 반응을 해 준다. 그리고 아주 잘 챙겨 나간다. 보이는 존중, 보이지 않는 존중도 아주 잘해 주는 남편에게서 또 배우고 감동한다. 나도 저래야지……. 나는 가끔 불친절하고 시건방질 때도 있다.

땅에서 주는 기운으로 정착한 인디언의 문화는 싼타페에서, 높은 지대의 땅과 하늘 그 사이의 아름다운 조화 속의 공기를 느끼고 싶다면 테네시의 스모크 마운틴이다. 나는 종종 이 안개 자욱한 테네시 산 풍경이 그립다. 마천루의 풍경은 볼 때는 멋지지만 가슴에 남지는 않는다.

오션 시티
- 메릴랜드

메릴랜드의 오션 시티는 동쪽으로는 땅끝 마을이라 뭔가 아슬아슬한 느낌이 든다. 바다에 한 발이라도 담그는 순간 몸은 이미 아메리카 대륙을 벗어나 표류하고 떠돌아 바다 밑으로 가라앉을 것 같은 위화감이 든다. 그래도 이름은 얼마나 멋진가. 바다의 도시, 오션 시티라니. 로드 트립을 동쪽으로 최대한 멀리까지 가는데 뉴욕은 절대로 가고 싶지 않다고 해서 하나의 종점처럼 점을 찍고 다시 돌아오는 곳이 오션 시티였다. 아침에 눈을 뜬 곳은 워싱턴 디씨 안의 백악관과 포토맥 리버 사이의 중간 지점에 있는 호텔이었다. 늦은 아침을 한 시간 반 정도를 운전해서 도착한 메릴랜드주의 아나폴리스의 유명한 해산물 요리집 '마이크스'에서 게 요리로 포식을 했다. 바로 거기에서 오션 시티까지는

런던의
길고양이

128마일로 운전 거리는 두시간 반 정도 걸려서 도착하게 되어 있지만 열심히 달렸음에도 불구하고 시간을 배로 늘어나 거의 다섯 시간이 걸렸다. 우리가 운전을 너무 게으르게 하는 건 아닌지 자책이 들 정도였다. 그렇게 힘겹게 당도한 바다 도시는 또 다시 여름철 여행객들로 차와 사람들이 바글거렸다. 미국 대륙이 어마어마하게 큰 땅임에도 불구하고 좋다고 소문이 난 곳에는 늘 사람들이 넘쳐 났다.

세상엔 참 사람이 많구나…… 뭐 이런 생각이 다시 들게 된다. 리조트나 호텔이 대부분 예약이 꽉 차 있어 어렵게 예약을 한 곳은 작은 게스트 하우스 같은 호텔이었는데, 바다뷰도 보이지 않는 이 갑갑한 호텔은 엄청 비싸서 가성비가 꽝인 셈이었지만 거기에 하룻밤 지내기로 했으니 어쩔 수 없었다. 가성비 같은 걸 따지기에는 너무 어렵게 도착한 바닷가였다. 온 타운 전체는 숙박업소로 그득했으며 나보다 뒤늦게 예약을 한 사람들인지 저쪽 골목 안의 허름한 모텔 같은 데에서도 쏟아져 나왔다. 그런 휴가지의 느낌이 참 좋다. 라스베가스에서 느낀 '노세, 노세, 젊어서 노세, 늙어지면 못 노나니…….' 노는 건 참 좋은 거다. 후폭풍이 뭐 여러가지로 있겠지만 일단 노는 건 즐거운 일이다. 우리는 호텔 때문에 예민해져서 말다툼을 했고, 나는 입을 닫아 버렸다.

그리고 혼자 자유로운 영혼처럼 바닷가의 구석구석을 쏘다녔다. 울적하고 속상한데 바다를 보니 마음이 참 이상했다. 아이들이 사무치게 보고 싶어졌다. 내가 사랑하는 나의 아이들을 못 보고 살다니, 저 바닷물에 풍덩 빠져 죽을까 하는 마음에 가까이 가니 계속 내 뒤를 따라온 남편이 말렸다. 꼭 죽을 건 아니었지만 이미 내 얼굴은 눈물범벅이 되어 자칫하면 바다에 뛰어들 정신 나간 여자 그 자체였다. 많은 시간을 이리저리, 나는 앞에 남편은 뒤에 나란히 줄을 맞추어 돌아다니다 늦은 시간에 밥을 먹겠다고 들어간 식당은 피자집이었다. 피자를 반 이상은 남겼고 계산을 하고 일어서려고 하는데, 아주 예쁘게 생긴 어린 서버가 피자를 포장해 주겠다고 하였다. "아니야, 별로 먹고 싶지 않아요."라고 했더니, 왜 우리 집 피자가 맛이 없느냐고 또 진심으로 미안한 얼굴로 물어 왔다. 그리고 미안하다고 했다. "아니야. 너의 탓이 아니야. 너는 참 친절하구나. 그냥 입맛이 없어서 더 먹기 싫을 뿐이야." 나는 눈물이 얼룩덜룩한 얼굴로 웃음을 지을 수밖에 없었고, 순간 나의 우울도 날아가 버렸다. 나는 친절함이 그리웠던 것일까?

호텔로 돌아와 테라스에 앉아 그 늦은 시간에도 멀리서부터 운전해 겨우 당도하는 사람들의 모습을 구경했다. 그들도 우리처럼 프론트에 체크인을 하고 호텔과는 별개로 골목 어딘가에 숨어 있는 듯한 주차장을 찾지 못해 우왕좌왕하고 있었다. 우리가 말다툼을 한 이유이기도 했다. 여름의 바닷가 마을의 호텔들은 주차장 안내 같은 건 쏙 빼놓고 돈만 벌고 있었다. 나만 당한 불친절이 아님에도 불구하고 남편은 뭐 이런 이상한 호텔이 다 있느냐며 화를 내었다. 나도 오션 시티가 처음이고 제대로 된 호텔로 예약을 못한 건 또 내 책임도 아니었지만 어쩔 도리가 없었다. 이런 불쾌한 경험에도 불구하고 나는 바닷가 마을에서 게스트 하우스를 하고 싶다는 꿈이 다시 생각났는데, 아무래도 엄청 돈이 많이 들 것만 같아 그냥 게스트 하우스나 호텔에 취직을 하는 게 낫겠다고 생각을 했다. 가고 오는 사람들 구경과 바다 구경으로 심심하지 않게 살 수 있지 않을까, 뭐 이런 생각을 하며 하룻밤을 지내고 그다음 날 아침 떠났다. 다시 오게 될 것 같지는 않았다. 육지와 섬을 잇는 다리가 너무 길어 한 번이면 딱 좋은 그런 여행지였다.

노스 캐롤라이나
- 뉴 베른

　나는 이 작은 마을이 참 마음에 들어서, 누군가에게 이렇게 말을 했었다. "만약 내가 갑자기 사라지거든 노스 캐롤라이나의 뉴 베른이라는 작은 마을에 있는 걸로 알면 돼."라고. 지저분하고 우중충한 건 단 하나도 안 보이고 깨끗하게 정돈이 잘 되어 있는데다 아름답기까지 했다. 나는 그때까지만 해도 남편이 진심으로 낚시를 사랑하는 줄 알고, 이 바닷가 작은 마을에 은퇴 후에 살아도 되겠다고 흥분해서 말을 했다. "당신은 매일 보트를 타고 저 바닷가로 낚시를 가시구려, 나는 작은 식당을 하고, 당신이 매일 잡아 온 물고기로 요리를 하리다."라고. 내가 그곳이 그렇게 마음에 든 이유는 호텔의 환대를 엄청 받았기 때문이었다. 오션 시티를 떠나오고, 버지니아 비치를 거쳐 목적지인 노스 캐롤라이나의 뉴 베른에 도착을 했을 때는 체크인 시간보다 훨씬 이른 시간에 도착했다. 나는 프론트로 바로 달려가서 너무 오랫동안 운전을 해서 피곤하니 좀 체크인을 빨리 할 수 있을지 물어보았는데, 지배인은 너무도 친절하게 바로 방으로 들어가라고 해준데다 방까지 업그레이드시켜 주었다. 거기다 곧 웰컴 스낵 바구니를 보내온데다 저녁 식사 바우처까지 룸서비스로 보내 주었다. 그런데 화장실에 물이 새는 소리가 졸졸졸 들려 전화를 했더니, 우리가 외출한 사이에 와서 고치겠다고 하였고, 저녁 무렵엔 전화로 사과를 하는 뜻에서 아침 식사 바우처와 3시에 체크 아웃을 하는 걸로 해 주었다. 이번엔 너무 친절하니 어리둥절하고 기분이 다 이상했다. 힐튼 호텔이라곤 하지만 백오십 달러 정도의 숙박비를 내고 받는 너무 지극한 대우에 어지럽기도 하고 발이 막 둥둥 떠다니는 듯했다. 대우를 못 받아도 기분이 이상했고, 대우를 너무 잘 받아도 이상했다. 내가 바라는 건 그냥 내가 낸 돈 만큼의 가치만 받으면 되는데, 이 동네는 인심이 아주 후한 데인가 보다 싶었다. 지배인이 너무 친절하게 방까지 업그레이드 시켜 주었을 때 나는 속으로 '내가 예쁜 걸까.'란 생각을 잠깐 하기도 했는데 이미 일주일이 지난 로드 트립에 지쳐 그럴 리가 만무했다. 오해와 착각은 찰나에 정신을 차렸다. 호텔 방 안의 커튼을 젖히면 서서히 드러나는 푸른빛 바다의 풍경은 마치 파노

라마 같았다. 나는 환호성을 질렀다. 이때껏 이렇게 잔잔하게 아름다운 바다 풍경을 단 한 번도 보지 못했던 것 같은 기분마저 들었기 때문이다. 때마침 노을 지는 시간이기도 했지만 바다를 볼 적마다 늘 새롭다. 그것이 자연의 매력이 아닐까? 기분 좋게 산책을 하고 호텔 식당에서 라이브 재즈 공연을 감상하며 랍스터 샐러드도 맛있게 먹었다. 모든 게 다 완벽하게 평화로운 곳이었다. 이곳은 마운틴 듀가 만들어진 곳이라고 한다. 딸아이가 입에 달고 살았던 연둣빛 소다수의 탄생지라니, 이렇게 작은 마을에서? 그것도 참 신기했다. 오며 가며 마주치는 사람들도 인사를 얼마나 유쾌하게 잘하는지, 나는 이 타운에 살기로 마음먹었다. 먹구름 같은 건 하늘에도, 또 사람의 인생에도 존재하지 않을 것만 같은 멋진 동네에 마음을 홀라당 빼앗겼다. 하지만 사람의 마음은 얼마나 간사한지 거기를 떠나 멀리 갈수록 급속도로 그곳에 대한 열정은 식어 가기 시작했다. 한 10마일당 마음의 거리가 10미터 아래로 곤두박질을 치는 것 같았다. 작고 조용한 건 좋은데……. 내가 생각하는 세상의 중심으로부터 멀리 떨어진 거 아냐? 너무 무료한 동네인 거 아냐? 너무 마트나 백화점이 먼 거 아니야? 너무 조용한 거 아니야? 너무 할 일이 없는 거 아니야? 그야말로 산책 말고는, 낚시 말고는, 아까 그 호텔에 밥을 먹으러 가는 것 말고는 할 수 있는 게 없는 것 같아. 공항도 멀고, 직항도

런던의
길고양이

막 없는 거 아냐? 호텔에서 받은 환대로 내 인생의 주거지를 결정하기에는 좀 무리이다 싶었다. 나는 아마도 금사빠인 모양이다. 그 어떤 곳을 가도 쉽게 쉽게 그곳에 반하곤 한다. 사람은 쉽게 사귀지는 못하면서 토지나 환경에는 바로 애착을 드러낸다. 사랑이 그 방향으로 기울어 있는 모양이다.

Highlands
– North Carolina

천국이 정말 존재한다면 바로 이곳 같지 않을까……. 구불구
불 아주 오랫동안 산 속의 도로를 운전해서 도착한 하이랜드란
마을은 너무나 예쁘고 아기자기했다. 아주 작고 평화로운 마을.
그 어떤 부정적인 기운 같은 건 털끝만큼도 없어 보이는 마을.
즐비한 호텔과 가게들이 다 예뻐서 그냥 길을 다녀도 마음이 들
뜨고 발걸음도 가벼웠다. 그곳엔 유난히 나이 지긋한 여행객들
이 많았다. 여행이 주는 맛이란 내 너저분한 삶의 현장을 떠나
아무 상관도 없는 곳, 나를 알지 못하고, 나도 알지 못하고, 그래
도 모르는 모든 것들이 그 짧은 시간에 함께 있다가 마는 것. 그
런 것들에 대한 가벼움이 주는 즐거움이 있다. 나는 낯선 곳에
서 그저 멋있고 대범하고 지겨운 것이 아무것도 없는 얼굴로 다

런던의
길고양이

니기만 하면 된다. 일상의 지리멸렬을 그때만은 좀 버려둘 수 있다. 호텔도 꼭 유럽의 어느 별장 스타일로 예쁘고 그 침대 위에 드러누워 있자니 잠시 그런 나라의 공주가 된 듯한 기분도 든다. 소박하지만 다 품위가 있고 아름답게만 느껴진다. 작은 학교도, 내가 몇 번이나 기웃거린 아주 작은 도서관의 정원도, 와인 가게도, 보석 가게와 그림을 파는 갤러리와 아이스크림 가게마저 다 산꼭대기 위에 자리한 품위를 느끼게 해 주었다. 마침 맞아도 되는 가랑비가 슬쩍 뿌려지고 교회의 종소리가 울려 퍼졌다. 몸과 마음이 쉼을 얻어 가는 힐링 산골이었다. 작은 평화를 맛보고 다시 길을 떠났다.

고지대라 다소 아슬하기도 한 64번 산간 도로를 타고 달리면 노스 캐롤라이나와 조지아주의 난타하라, 히와와씨, 차타후치 등의 귀와 입에 익지 않은 생소한 지명들을 거쳐 마침내 채터누가에 당도하게 된다. 아메리칸 인디언들의 지명이라고 한다. 아팔라치아 산맥의 끝자락에 위치에 도시인데 스쳐 지나며 보니 산과 강이 어울려진 자연 친화적인 도시의 분위기가 물씬 풍긴다. 너무 발전된 문명은 이 64번 도로 위의 풍경들과는 어울리지가 않을 것 같다. 우리는 마침 여기를 지날 때 길고 긴 장례차들의 행렬 때문에 꽤 오랜 시간을 도로 위에 정차하고 있었어야 했다. 남편은 그들의 차량이 바로 옆을 지나갈 때 모자를 벗어 잠시 고개를 숙였다. 그것이 예의라고 했다. 아무리 바쁜 일이 있어도 장례 차량이 지나갈 때는 그냥 그들이 다 지나갈 때까지 서 있어야 하며 클락션을 울리는 몰상식한 행동은 하지 않는다고 했다. 우리가 알지 못하는 타인의 죽음이었지만 남편의 얼굴은 심각하게 굳어 있어 나는 촐싹거리는 말을 하다가 머쓱해졌다.

앨라배마의 헌츠빌에 도착하자마자 호텔 바로 옆에 있는 항공 우주 센터에 구경을 갔다. 로켓들이 우주 센터 밖에 전시되어 있어 둘러보고 있는데 아시아 사람들이 몇 보이는가 싶더니 한 여자가 세상 반갑게 우리를 보고 소리를 지르고 손을 흔들며 인사를 하였다. 그냥 기분 좋게 하이! 하는 정도가 아니라 아주 드높은 목소리와 웃음으로 너무 격렬하게 인사를 해서 반갑기보다 놀랐는데 일행들과 말할 때 보니 중국 여성이었다. 앨라배마는 앨라배마의 이미지가 있어서인지 도시 전체가 순박해 보이고 차분해 보인다. 무얼 해도 야단스럽지 않을 것만 같은 느낌을 주는 곳이다. 나는 영화 〈포레스트 검프〉의 앨라바마 대저택이 인상적이었는데 그 이미지를 좀처럼 떨칠 수가 없다. 그다음 날은 다시 5시간 반을 달려 알칸사스의 리틀락에 도착했다. 리틀락에는 남대문이 있다. 또 빌 클린턴 도서관이 있다. 굉장히 세련된 건축물이다. 아칸소 리버에는 또 살짝 가라앉은 낭만이 있다. 너무 붕 뜨지 않은 소도시적이 분위기가 그런 느낌을 준다. 텍사스에서 가장 가까운 타주이다 보니 여기를 다섯 번째 오는 셈이 되었다. 텍사스에는 없는 산이 있고, 또 산들의 풍경은 강원도의 산자락을 닮아 있다. 아칸소 강변을 따라 주욱 늘어선 저마다 특색이 있는 레스토랑과 재즈 바를 지나 사람이 제법 붐비는 이태리 식당에서 맛있는 피자를 먹게 되어 다행인 토요일 저녁이었다. 피자가 다 소화될 때쯤이면 잠을 청하고 그 이튿날 가뿐하게 5시간을 동쪽으로 더 운전해 가면 집으로 돌아가는 것이다. 집으로 돌아간다면 당분간은 방 안에서 꼼작도 하지 않을 거라고 다짐을 했다.

이렇게 우리를 북미 대륙의 동쪽과 서쪽으로 데려다주고 길고 긴 로드 트립을 하게 해 주었던 픽업 트럭은 여전히 건재하다. 어느 한 해, 남편은 이 블루트럭을 몰고 캐나다의 토론토까지 오간 적도 있었다. 수많은 길을, 수많은 시간을, 수많은 마일리지를 쌓아 놓은 든든한 차이며 여전히 묵직하고 편안하게 길을 달려주는 여행의 동반자이다. 마치 믿음직한 오랜 친구 같은 느낌이 드는 우리의 블루 픽업 트럭, 고물이 되도록 사랑하며 살기로 했다. 그리고 또 내가 안달을 해서 팔아버린 캠핑카를 다시 사기로 마음먹었다. 이번에는 지난번 버스의 딱 절반만 한 사이즈로, 그 정도는 내가 충분히 운전해서 다닐 수 있을 것 같다는 생각이 들었다. 남편의 꿈 하나가 캠핑카로 미국 내의 모든 풍광 좋은 곳을 돌아다니며 사는 것이었는데, 은퇴를 한 그의 꿈 하나를 이루게 해 주고 싶다는 마음이 들어서이다. 우리의 강아지 네 마리 모두와 함께 꿈을 싣고 이 아름다운 대륙을 횡단할 것이다.

런던의
길고양이

5

뉴욕 일기

뉴욕, 플러싱 이야기 • 맨해튼 단상

뉴욕, 플러싱 이야기

2017년 1월의 매섭게 추운 날, 나는 뉴욕에 갔다. 그로부터 한 달 동안 뉴욕에 살았고, 매일같이 맨해튼으로 나갔으며 매일같이 생쥐들의 공격을 받아 '뉴욕의 잠 못 이루는 징그러운 밤'이 무려 29일이나 되었다. 죽은 사람들이 잠들어 있는 묘지가 산 사람들보다 많고, 소가 사람보다 많은 적막한 오지의 생활이 2년째를 넘어 가면서는 내 인생이 혹여나 그렇게 사그라지는 건 아닐까 하는 조바심에 뉴욕으로 나가 한두 달 살기로 했다. 매일 버스를 타고, 지하철을 타고 돌아다녀야지. 사람 구경 실컷 해야지. 책방에도 매일 갈 거야, 순례하듯이. 이 카페, 저 카페 돌아다니며 커피도 많이 마셔야지.

상상하고 기대했던 것처럼 책방에 매일 가고, 뉴욕 도서관도 매일 들르고, 매일 버스 타고 전철도 타고 사람 구경도 실컷 했지만 커피는 늘 항상 스타벅스 커피였다. 선물 받은 스타벅스 기프트 카드가 많았던 데다 사실 로컬 커피집을 찾는 것도 쉽지 않았다. 이미 습관이 되어서 스타벅스가 제일 편했다.

내가 두 달 렌트비를 내고 세 들었던 집은 막 칠십이 된 어머니와 막 오십이 된 미혼의 아들이 한 방을 쓰고 남은 방을 모두 세를 주었다. 방들은 모두 이층에 있었는데, 내가 방 하나를 쓰고, 아들과 어머니, 주인들이 한 방, 또 한 방엔 그 집에 일 년 넘게 세 들어 사는 삼십 대 중반의 젊은 여성이 있었다. 나도 낮에는 늘 밖으로 돌아다니느라 그 집에 머물러 있을 새도 없었지만, 그 젊은 아가씨는 하루에 딱 두 번 방 밖으로 나온다고 했다. 한 번은 용변 보러, 한 번은 밥 먹으러.

주인의 말에 의하면 얼마나 걷지를 않았으면 그녀의 발뒤꿈치는 자신의 얼굴보다 더 광이 나고 보드랍다고 하였다. 방 안에서는 무얼 하는지 몰라도 매일 그렇게 산다고 했다.

하루는 주인이 날 붙잡고, "혹시 그 젊은 애를 보더라도 왜 그렇게 뚱뚱해요?"라는 말은 절대로 하지 말라고 하였다. 몇 번 잠깐 마주쳐서 인사한 적이 있었는데, 그냥 키가 크고 덩치가 좀 크다라는 인상밖에 없었던 나는 "그런 말들을 정도로 뚱뚱하지 않던데요? 그리고 그런 말을 누가 면전에 대고 하겠어요."라고 하니, 예전의 한국에서 온 어린 여자애들이 대놓고 그런 말을 해서 상처를 입었다는 말을 했다. 그래서 사람들과 가까이 안 지내는 거라고 했다. 설마…….

이 집에 사는 사람들은 참 한결같이 이상한 세계의 사람들 같구나……라는 생각을 했다.

그게 뉴욕에 사는 한인들의 단면이었을까?

하루는 한인 콜택시를 타고 어디를 가는데, 내가 나도 모르게 한글 간판으로 된 "** 교회"를 소리 내어 읽었다. 재미있는 이름이었기 때문이다. 그랬더니 대뜸 "교회 다니세요?" 하고 기사분이 아주 티꺼운 말투로 물어 왔다. "아니에요. 간판이 재미있어서 읽은 거예요. 교회를 못 다녀요. 절 신자로 안 받아 주어서……."라고 했더니, "아, 다행이에요."라고 하는 것이었다. 뭐가 다행이었을까?

맨해튼에서 숙소가 있는 플러싱으로 돌아올 때는 보라색 7호선 지하철을 타는데, 사람들이 그걸 '오리엔탈 특급 열차'라고 한다는 걸 나중에 알았다. 그 별명이 수긍이 갈 만치 고단해 보이는 사람들로 보라색은 늘 꽉 차 있었다. 뉴욕의 삶이 그렇게 호락호락하지가 않은 게 피부로 느껴졌다. 난 금세 뉴욕에 온 걸 후회했다. 아니, 오더라도 플러싱은 오지 말았어야 했다고 생각했다. 여행을 와도 늘 맨해튼에서 센트럴 파크나 가고, 타임 스퀘어를 헤매다 박물관, 미술관이나 폼 나게 다니던 여행객으로서의 뉴욕과 일상의 뉴욕은 너무 달랐다.

그냥 뉴욕을 뉴욕이라는 환상으로 남겨 둘 걸 그랬다는 후회가 많이 들었다.

내가 렌트를 한 집은 생쥐들이 들끓었다. 난생처음 당하는 테러였다. 원래는 이러지 않는데, 조나단이라는 좀 모자란 녀석이 대학에서 퇴학당하면서 끌고 들어온 짐 속에 생쥐가 있었는데, 그게 번식을 해서 이렇게 되었다는 것이다.

"그럼 저랑 처음에 전화 통화할 때 말씀을 해 주셨어야죠."라고 했더니, "그때까지는 몰랐어. 자기 들어오기 바로 하루 전날

부터 쥐가 나오기 시작한 거야."라고 했다. 내가 보기엔 조나단이 데리고 온 게 아니라 그 집이 원래 더러워서 그런 거였다. 창문을 꼭 걸어 잠그고, 된장찌개와 김치찜과 고등어구이와 병어조림을 동시에 하면 날 법한 냄새가 그 집엔 배어 있었다. 그리고 한쪽에선 오래된 물건들이 곰팡이를 피어 올리고, 발효까지 해서 산화되는 것만 같은 정말 구질구질한 모습이었는데, 그들 모자는 그렇게 사는 게 너무 당연한 것처럼 태연했다. 나는 밤마다 몰래 내려가 부엌의 낡은 싱크에 매달린 음식물 쓰레기 봉투를 집 밖의 쓰레기통으로 던져 버리거나, 꽁꽁 묶어 두기라도 하였다. 안 그래도 더러운 집에 그걸 그렇게 밤새도록 그렇게 방치해 놓으니 쥐들이 밤이면 밤마다 신나게 파티를 한다는 생각이었다.

쓰레기에 애착이 심한 집주인이었다. 쥐 생각에 거의 매일 밤마다 잠을 못 잤는데, 너무 고단해 슬쩍 잠이 들면 아주 작은 생쥐들이 내 물건들 위에서 놀고 있는 게 보였다. 참 살다가 별일을 다 겪는다. 나랑 아예 대놓고 숨바꼭질을 하고는 했다. 그저 인터넷을 통해 집을 보고, 당연히 상식적이리라고 믿은 내 자신이 바보였다. 그들은 저 텍사스 촌 여자는 왜 저렇게 매일 혼자 깔끔을 떨고 난리인 건지 별꼴이다 싶었을 것이다.

런던의
길고양이

졸지에 나는 날마다 뉴욕 도서관에 가서 책을 읽는 시간이 점점 더 길어지게 되었고, 그러다 심심하면 건너편의 서점에 갔고, 그러다 또 첼시의 마켓에 가 소품 구경을 하며 밥을 먹었다.

어느 날은 센트럴 파크 앞에서 '미란다 커'를 보았고, 어느 날은 어퍼 이스트의 식당 앞에서 '스칼렛 요한슨'을 보았다. 천사같이 미소를 짓고 있던 미란다 커는 보통 사람의 반쪽인 가녀린 몸매에 딱 식빵 사이즈의 얼굴을 하고 있었다. 그렇게 웃는 얼굴이 예쁜 사람은 처음 보아서 넋을 놓고 보았는데, 그 누구라도 다 사랑에 빠질 수 있을 것같이 달덩어리처럼 아주 환했다.

남편이 기껏 '시골 탈출'이라고 가서는 쥐 타령이나 하느니 이제 집으로 그만 돌아오라고 했다. 나는 렌트비 한 달 치를 포기하고 나의 깨끗하고 적막강산인 집으로 돌아가기로 결심을 하고 비행기 표를 예약했다. 그런데 몇 분 있다가 화장품 프랜차이즈 사업하는 분이 메시지를 보내왔다. 그래도 뉴욕에 한번 살아 볼까 하는 마음이 들던 며칠 전에 이력서를 보내고 면접을 본 적이 있었다. 맨해튼 차이나 타운에 새로 매장하는 가게의 매니저로 일을 해 달라는. 참 타이밍이 절묘하기도 했다. 남편에게 돌아가기로 한 약속과 화장품 매장의 매니저 사이에서 갈등을 하다가 먼저 한 약속을 지키기로 했다. 뉴욕은 한 달 살다 가는 걸로 족했다. 또다시 어떤 낮의 그 도시를 보아야 하는지 거의 두려울 지경이었던 것이다.

그래도 집을 너무 오래 떠나서는 안 되는 거지 하면서 다시 텍사스로 돌아오는 비행기를 탔다. 떠나기 전 발뒤꿈치가 사람의 얼굴보다도 더 반들거린다는 아가씨와 작별 인사를 했다. 잘 살고 있겠지. 그녀 자신만의 방식으로.

그 여자도 불행해 보이지는 않았다. 그 집의 어느 누구도 불행해 보이지 않았다. 쥐들은 쥐들대로 신났고 사람들은 사람들대로 뉴욕 스타일로 살아가느라 고군분투를 하고, 뉴욕이 이제 내 마음에서 완전히 떠났다. 한 가지 환상이 줄어들게 되어 이것도 참 다행이다 싶었다.

🐾맨해튼 단상

  나는 날이면 날마다 맨해튼을 구석구석 걸어 다녔고 그러다가
지치면 뉴욕시립 도서관에 들어가 아이패드에 저장된 책을 읽었
다. 사노 요코의 『사는게 뭐라고』였는데 읽어도 읽어도 질리지가
않았다. 엄청난 서사와 뼈를 때리는 교훈을 주는 것이 아니라 이
웃의 순박한 아주머니가 때로는 신세 한탄도 하고 때로는 자기
생을 시니컬하게 관조하며 들려주는 일상의 작은 이야기는 그때
의 나에게 큰 위안이 되어 주었다. '나는 나와 가장 먼저 절교하
고 싶다.'라는 대목에서는 내 마음이 딱 그랬어서 그런지 통쾌하
기까지 했다. 내가 나와 절교를 할 수 있으면 얼마나 좋을까, 내
가 너무 넌더리가 나는데…… 나도 종종 이런 생각을 했었기 때
문이다. 이 책에 흠뻑 빠져 읽고 있으면 건너편 책상에선 한 노
년의 남성이 열심히 철학 책을 읽고 있었고, 또 어떤 날에는 할머

니 한 분이 앉아 책 한 권을 필사하고 계셨다. 그러다 또 어떤 날은 젊은이가 코를 골며 자다 사서의 주의를 받기도 했는데 졸음은 눈치보다 더 무서운 건지 그래도 계속 코를 드르렁거리며 잠을 잤는데, 왠지 안쓰럽게 느껴졌다. 도대체 맨하튼 거리를 얼마나 걸어 다녔길래 한 낮의 도서관에 자리를 차지하고 앉아 골아떨어지는 건지. 도서관에 꼭 책을 읽으려고 오는 것만은 아닐 수도 있다. 도심 한복판의 도서관은 대개가 그랬다. 나는 그렇게 오후 6시, 문 닫을 때까지 책을 읽다 흑인 경비원의 배웅을 받으며 도서관을 나섰다. 굿 나잇 썰(Good Night Sir!)이라고 아주 예의 바르게 인사를 하였다. 이 시간도 나에게는 아름답게 기억될 것이라고 생각을 했기 때문이다.

내가 맨해튼을 처음 간 것은 1992년, 무려 30년 전의 1월이었다. 뉴욕의 브루클린에 사는 큰오빠를 따라 맨해튼을 나갔다가 오빠는 볼일을 본다고 나에게 32번가의 샌드위치 숍에 가서 기다리라고 하였다. 가게 문을 열고 들어서니 작은 가게에 중년의 한국 남성이 카운터 너머에서 일을 하고 있었다. 커피를 한 잔 시켜 마시고 있는데 그와 나는 무슨 이야기를 나누다가 그는 "아, 처음에 정말 고생 많이 했어요. 정말 힘들었어요. 정말 정말⋯⋯."이라는 말을 한탄과 함께 반복하였다. 나는 그때 '세상에, 얼마나 힘이 들었으면 처음 보는 나를 보고 저런 탄식을 하겠는가.'라고 생각을 했다. 맨해튼에 나간다고 한껏 치장을 하고 나간 나는 뭔가를 도와주겠다고 나서지는 못하고 위로도 못하고 그냥 그 한탄만 뒤로 하고 가게를 나섰다. 그래서인지 그다음부터는 맨해튼을 나갈 적마다, 또 한국 상점이 몰려 있는 그 32번가를 지날 적마다 그가 생각이 났다. 누군인지는 여전히 모르지만 지금은 편안하고 풍족하게 잘 사시길 기원해 본다.

맨하튼을 종횡무진하다 보면 늘 바다에 가야지. 멋쟁이 뉴요커들이 가는 바다는 어떤 건지 꼭 가 봐야지. 브루클린행 노란색 지하철Q를 타면 종점이 코니 아일랜드인데…… 하는 생각만 하다가 결국엔 가 보지 못한 곳이 되고 말았다. 1월의 코니 아일랜드는 참으로 황량했다. 문을 연 식당이나 커피 숍이 단 한군데도 없었는데, 팝콘, 핫도그, 캔디 숍, 놀이기구 모든 것이 추위처럼 문이 꽁꽁 닫혀 있었다. 마치 여름만을 위해 존재했던 것처럼. 바다가 꼭 여름만을 위한 바다는 아닐 텐데 그 을씨년스러운 풍경이 참 섭섭했다. 한 아시안 할머니가 그 추운 벤치 위에 바다를 보며 앉아 계셨는데 오랫동안 꼼짝도 하지 않았다. 설마 저 벤치는 차갑지 않은 걸까라는 생각을 하며 나도 앉아 보았는데 시리기 그지없었다. 역시나 바닷바람은 얼마나 쌀쌀한지 지하철역으로 다시 달려가고 싶은 마음을 겨우 달래며 동동거리는 발걸음으로 왔다 갔다를 하는 동안 그 노인 분은 여전히 거기에 계셨고, 그리고 길 위에는 점점 여성 노인 분들, 홀로 차가운 공기를 가르며 걷는 분들이 늘어만 갔다. 백인들도 꽤 되었고, 한국이나 중국인으로 보이는 아시안도 꽤 되었다. 나는 곧 뉴욕을 떠나게 되니 와 본 겨울 바닷가이지만 이분들은 어쩌자고 그 추운 날씨에 바닷가에서 찬 바람을 맞으며 계시는지 참 모를 일이었다. 이런 날 한국 할머니들은 집안의 따뜻한 거실에서 믹스 커피에 호빵을 드시고 계셔야 제격일 것 같고, 중국 할머니들은 우롱차에 태양병을 들고 계셔야지, 백인 할머니들은 커피에 갓 구운 바나나 브레드를 들고 계셔야 하는 것 아닌가.

친구에게서 이메일이 왔다. 자기한테 소원이 있다면 뉴욕에서 딱 한 달만 살아 보는 거라고. 다른 어떤 멋진 나라에 대한 동경도 없는데 뉴욕만은 꼭 한 번 가서 살고 싶다고⋯⋯. '아니 뉴욕 가는 게 뭐 그리 어렵다고? 마음먹으면 가는 거지. 우리 나이에 아이들은 이미 어른이 되어 버렸는데⋯⋯. 뉴욕 행 비행기를 비수기때 사면 그닥 비싸지도 않아. 또 한 달 정도 묵으려면 한국 사람이 하는 게스트 하우스를 알아보면 되고. 밥은 한인 마트에서 장을 봐서 해 먹으면 되는 거고, 그리고 매일매일 맨해튼을

런던의
길고양이

걷는 거야. 아침부터 저녁때까지, 다리가 아플 때까지, 골목골목 샅샅이, 평생 소원이었다니 다시는 또 못 오더라도 후회가 남지 않게……'라고 회답을 보냈다. 친구가 늘 사는 동네와 마트만을 오가며 살아왔던 제한적인 삶의 공간에서, 자기 소망이라는 뉴욕에서 자유롭게 시간을 보내는 여유를 가져 보기를 내가 대신 꿈꾸어 본다. 자기 꿈을 자꾸자꾸 실현하는 습관을 들여야 할 거 같다. 뉴욕이 일산보다 더 넓고 좋다는 것이 아니라, 이때껏 살아왔던 곳을 잠시 떠나 보는 것도 인생에 있어서 좋은 경험이 되기 때문이다. 그러니까 지금 당장 하고 싶은 것은 하면서 살아야 한다. 미루지 말고…….

6

대만 이야기

🐾아이들의 미술 선생님

아들아이가 대만에서 초등학교를 다니던 때였다. 하루는 미술 선생님이 엄마에게 드리라고 했다면서 편지를 전해 주었다. 가끔 학교 안에서 마주치면 딱딱하고 사무적인 인상의 선생님을 기억은 하고 있었다. 편지에는 아들아이에게 남다른 감각의 예술성과 천재성(?)이 있으니 잘 키워 보라는 격려의 편지였는데, 그 학년에서 생일이 제일 느려 나이도, 체구도 제일 작고 어렸던 아들에 대한 걱정이 이만저만이 아니었던 나는 그 편지가 뜻밖이었고, 기쁘고 감사했다. 하지만 천재성은 얼토당토않았고 어떤 가능성이 있다는 것은 알고 있었기에 칭찬해 주시는 마음이 고마웠던 것이다. 내가 아들아이에 대해 느끼는 가능성은 '이 아이는 절대로 나쁜 짓을 하며 살아가지는 않겠구나. 좀 얼빵하긴 하지만 착하고 바르게는 살아가겠구나.' 정도였지, 천재성은 가당치도 않다는 것을 알고 있었다. 그냥 하는 짓이 귀여운 잘생긴 아이였다. 내가 정성을 보태어 답신을 아들 편에 보냈다. 또다시 그 선생님은 편지를 보내왔다. 이번엔 길고 길었다. 내가 한국 사람이라는 것을 알고, 내가 이 지방에서 단 한 사람의 한국인으로 얼마나 외롭게 살지에 대한 위안과 응원을 보내는 글이었다. 이번에도 또 답신을 보냈다. 아이들을 가르치는 바쁘신 와중에 저에게 이렇게 마음을 써 주시다니 너무도 감사하다고. 그 마음이 힘이 되어 더 잘 살 수 있을 것 같다고 답신을 보냈다. 그러다 그녀와 나는 내내 편지를 주고받게 되었고 배달부는 아들아이였다.

그러다 어느 날은 자신이 최근에 본 감동적인 영화라며 한국 영화 〈클래식〉 시디를 보내왔다. 우리 가족은 오손도손 모여 앉아 눈물을 흘리며 감상을 했다. 특히 조승우가 눈이 안 보이는 걸 알게 된 씬에서 우리 모두는 흐느껴 울었다. 그것이 우리의 사랑이라기도 한 것처럼. 또 어느 날은 〈집으로〉라는 영화 시디를 자신의 감상 평과 함께 보내왔는데, 이 영화 역시 아주 재미있고 감동적이었다. 특히 아들의 마음을 가장 크게 울려서 몇 년이 지난 후에도 종종 이 영화에 대해 언급을 했다. 한국 사람인 나보다도 한국 문화를 더 좋아해 주는 그녀의 친절함은 달을 넘기고 해가 넘어 가서도 계속되었다. 그때 한창 티브이에서는 〈대

장금〉이 방송되었고, 대만의 웬만한 가정들은 숨을 죽이고 그 드라마를 시청하곤 했었다. 나는 드라마 시청을 좋아하지 않아 안 보고 있었는데 억지로라도 봐야 답신을 쓸 수 있을 것 같아 보기 시작했다. 우리 가족 역시 장금이에게 푹 빠져들고 말았다.

편지를 자꾸 쓰다 보니 그동안 묵혀 두었던 감성이 넘실대었다. 이왕 쓰는 편지라면 느낌 있고 분위기 있게 홀로 이방인이라는 쓸쓸함이 있을 수는 있겠지만 또 그렇다고 우울할 것까진 아닌, 좀 영양가 있게 쓰느라고 모처럼 고심을 하게 되었다. 삼십 대 후반의, 초등학생 아이 둘을 키우는 엄마도 예쁜 편지지를 사고 펜으로 편지를 쓰는 모습을 보여 주는 것도 썩 괜찮았다. 그 이듬해 우리가 텍사스로 기약 없이 오게 되었을 때, 그녀는 섭섭해했다. 하지만 만나서 얼굴을 보며 이야기를 나누게 되지 않았다. 꼭 어린 시절의 편지 친구처럼 그냥 편지로만 남겨져야 할 것만 같았다. 아들아이를 통해 시집 한 권을 선물이라고 보내왔다. 나는 그 시집을 배편으로 부치는 여러 권의 책 속에 넣어 텍사스까지 가져오게 되었다. 몇 달이 지나고 미국 생활이 좀 정리가 되었을 때, 나는 그제서야 아주 잘 안착을 했다는 편지를 보냈다. 그 이후로 서너 번 편지를 주고받다 나는 카페테리아 주인이 되어 샌드위치와 파스타를 만들면서 서서히 떠나온 곳, 대만의

런던의
길고양이

모든 것에 대해 미련이 희미해지기 시작했다. 시간이 지나면 모든 것이 다 저 뒤편으로 사라지는 것만 같다. 지금 이 글을 쓰면서 그녀가 그리워지고, 그 시절의 편지를 주고받던 감성이 그리워진다. 아들아이에게 네 미술 선생님 성함이 뭐였지? 하고 물어보려다 오늘은 아들이 이사 갈 집을 보러 간다고 했던 것이 기억나 말았다. 천재성을 가졌던 아이는 그냥 토론토에서 일 열심히하고, 밥도 열심히 하고, 연애를 열심히 하는 스물여섯의 평범한 청년이 되었다. 천재인 아들보다 평범한 아들이 더 좋다.

자유 중국, 타이베이

대학 시절 전공은 내게 큰 고민거리였다. 아무리 생각해도 나는 내 전공에 대한 애정과 재능이 부족했고, 내 인생의 가장 중요한 시기를 하기 싫어하는 공부로 시간을 낭비할 수 없다는 생각이 들었다. 그러던 내가 중국어를 배워야겠다는 생각을 어느 날 느닷없이 했다. 집에 장식용처럼 자리를 차지하고 있던『임어당 전집』때문이기도 했다. 세계 문학 전집과 한국 문학 전집이 함께 진열되어 있던 이 책들을 난 야금야금 다 읽고 말았다. 헤르만 헤세도 읽었고, 김유정, 박경리도 읽었고 모두 감동적이기는 했지만, 독일을 가고 싶다는 생각이나, 국문학을 공부하고 싶다는 생각이 들지는 않았다. 하지만 임어당 전집 속의 글들은 중국어를 배우고 싶다는 열망을 갖게 했다. 임어당 고택이 있다는'자유 중국'에 대하여 알아보니 다녀온 사람들은 다들 좋은 곳이라고 한결같이 말했다. 아무래도 임 선생님이 중국어를 배워서, 좋아하는 중국 글 실컷 읽으며 살라고 나를 부르시는 것 같았다.

자유 중국으로 날아왔다. 비행기를 타고 겨우 두 시간을 날아 다른 나라에 왔다는 것만으로도 정말 내가 가진 그 모든 고민으로부터 해방이 되고 몸과 마음이 가벼워진 것 같은, '자유' 그 느낌이 들었다. 타이베이에는 그런 특유의 분위기가 있었다. 동서양의 특성이 함께 만나 묘한 시너지를 내는 나라였다. 개성과 자유의 분위기가 넘쳐 흘렀다. 사람들이 참 많이 달랐다. 친절은 하면서도 또 모른 척도 해 주는 미덕도 있었고, 예의는 차리지만 상대방에게 그걸 강요하지도 않았다. 비슷하면서도 서로 다른 임어당들이 뿜어내는 문화적인 깊이와 향기, 분명히 그런 게 있었는데, 그건 어쩌면 내가 자리를 잡은 첫 동네가 사범 대학 거리라서 더 그런지도 몰랐다. 그 거리는 학구적이면서도 외국인이 많다 보니 이국적이고도 또 밤새도록 거리를 배회해도 외로움을 느낄 겨를도 없이 음식과 물건들이 넘쳐 났다. 멀지도 않은 나라가, 그래도 같은 인종과 비슷한 문화인데 이리도 다를 수 있다니, 그것도 또한 신기하게 느껴졌다.

그때만 해도 한국을 모르는 사람도 많았고, 또 알아도 자기네

나라보다 못사는 나라라는 인식을 가진 사람들이 많았다. 그러면서도 일본은 또 얼마나 좋아하던지, 나는 혹시 여기가 아직도 일본의 식민지이냐고 물어본 적도 몇 번 있었다.

중국어를 배우고 익히는 것이 정말 즐거웠고, 나는 난생처음 사전을 낱낱이 읽어 가며 밤새 공부도 했다. 언어가 안 되면 내가 고달프다는 생각이 물론 들었고, 난 생각보다 쉽게 중국어를 배웠다. 한 3개월 후인가에는 백화점 안을 무심히 돌아다니는데, 그 방송을 알아듣고 있는 나 자신을 발견하고 감격스러웠다. 행여나 하는 마음에 라디오 방송을 들어보니 대충이라도 들렸다. 내 생애 처음 공부를 열심히 한 때이기도 했다.

그때 우리 집에 임어당 전집 말고 영미 문학 전집이 있었다면 나는 아마도 미국이나 영국으로 갔을 것 같다는 생각이 이제서야 든다. 후에 내 딸아이는 샤롯 브론테와 제인 오스틴의 소설을 읽고 영국에서 살 꿈을 꾸게 되었다고 한다. 별게 다 내림이 되었다.

✿첫 보금자리

　내가 대만으로 혼자 훨훨 떠났을 때 나의 나이는 23세였고, 화목이 넘쳐 나는 가정은 아니었지만 번듯한 부모님에, 흔히 말하는 부촌에 살고 있었다. 서울 안의 사립 대학 그것도 예술 전공을 했으며 가장 중요했던 건 나의 소중한 친구들이 늘 내 곁에 있었음에도 불구하고 혼자 훌쩍 떠났다. 중국어를 꼭 배우고 싶어서 이기도 했지만 또 한편으로는 이리저리 헤매고 삽질하던 청춘의 한 변덕 때문은 아니었을까 하는 생각이 든다. 나의 대만행은 나의 인생을 송두리째 바꾸어 놓았다. 원래가 그 나이쯤 되면 인생이 확 바뀌기도 하지 않을까? 여자들이 결혼을 하면서 다른 인생을 살게 되듯이.

　나는 도착하자마자 사범 대학이 바로 코앞에 있는 사대로에 살게 되었다. 대학로 같은 거리로, 밤에는 온갖 먹거리 야시장으로도 유명했고 다양한 나라에서 온 젊은이들이 함께 어울려 사는 번잡한 동네였다. 사람 좋은 집주인은 1층에 카페를 하고 있어서 나랑 같이 살던 부산에서 유학 온 미경이란 착한 아이가 시간 나는 대로 거기에서 아르바이트를 했다. 중국어를 단 한 마디도 알아듣지도 못하는 시간이 일주일쯤 흘렀을까? 그날도 카페에 앉아 있었는데 미경을 통해 집주인이 "자기 아들이 미국에서 유학하고 있는데 이번 여름 방학에 들어오면 둘이 사귀어서 우리 집 며느리하자"라는 말을 전해 왔다. 그 말을 듣고 막 웃었다. 도대체 나의 어디를 봐서 당신의 며느리로 점 찍게 된 건지 정말 황당했기 때문이었다. 아저씨의 아들이 나를 안 좋아할지도 모를 텐데요?라고 전해 달라고 하니 "그럴 리가 없다. 너무 좋아할 것이다. 복이 많아 보이는 얼굴이다."라고 해서 그냥 또 웃고 말았다. 한마디로 복스러운 달덩이 같다는 건데 내 나이 23살이라 아직 결혼은 생각해 본 적도 없는데다 나는 남자를 만나는 것보다 더 급한 것이 중국어를 배워서 하루빨리 다 알아듣고 말도 하고 글도 쓰고 하는 것이었다. 나는 그 이후로 그 주인 아저씨를 슬슬 피해 다녔다. 아들의 여자친구까지 주선해 주는 그 친절함이 너무 부담스러웠다. 그 후로 누군가 타이베이 지사 근무를 하는 일본인 콘도에게 나를 잘 보살피라는 부탁을 받고 연락

런던의
길고양이

을 해 와 그 카페에서 만났다. 이때는 이미 타이베이에서 생활한 지 두 달쯤이나 되었을까. 기본적인 대화는 더듬더듬 말을 할 수 있게 되었고, 특히 "멀리에서 나를 만나러 와 주어 정말 고맙습니다."를 하루 종일 달달 외워 몇 번이나 그 말을 겨우겨우 하는데 주인 아저씨가 카운터 쪽에서 유심히 쳐다보고 있었다. 콘도는 아주 착한 남자였다. 성실과 착함이 그냥 뚝뚝 흐르는 남자였다. 그리고 자주자주 웃어서 마음이 편했다. 그렇다고 이성의 감정을 가지거나 하지는 않았다. 그냥 가끔 밥이나 같이 먹는 친구로 지냈다.

영국에서 온
중국인 왕수에이

　가을이 되면서 나는 사범 대학의 두 시간짜리 중국어 수업이 너무 성에 안 차 시내에 있는 사설 학원을 더 다니기 시작했다. 오전엔 시내의 학원을, 오후엔 사범 대학의 수업을 듣는 것으로 시간표를 만들었다. 노는 시간이 너무 많았던 것이다. 시내의 학원은 좀 분위기가 어수선했다. 직장 생활을 하는 사회인들이 압도적으로 많았다. 어느 날 수업을 마치고 버스 정류장 쪽으로 가는데 같은 반의 중국 사람이 같이 점심을 먹자고 했다. 그는 영국에서 온 사람으로 모습만 중국 사람이지 중국어를 전혀 하지 못했다. 중국어를 배우기 시작한 지 넉 달 정도된 나보다도 더 그의 모국어 실력은 엉망이었다. 뜻밖이었지만 그의 외양이 너무 초라해 보이고 안되어 보여 그러자고 흔쾌히 대답을 했고 우리는 샐러드 바에 갔다. 그는 엄청나게 구겨진 셔츠와 팬츠를 늘 아무렇지도 않게 입게 다녔고 그날도 그를 따라 식당에 들어서 는데 다리미가 옆에 있다면 좀 다려 주고 싶다는 생각이 들 정도였다. 행색과는 달리 그때 IBM에 다니고 있다고 해서 내심 놀랐었다. 그의 이름은 왕수에이(王水)였다. 나는 농담조로 혹시 동생 이름은 왕스(石)냐고 농담 삼아 물었는데 맙소사. 나보고 어떻게 알았냐고 물어 왔다. 그 후로 토요일 오후에 볼링을 치러 가고 괜히 여기저기를 돌아다녔다. 그렇다고 또 이성적인 관계는 아니었다.

그렇게 담백한 친구 사이로 잘 지내던 어느 날 꼭두새벽에 전화를 걸어와 갑자기 영국으로 돌아가게 되었다며 마지막 말로 내게 '이루핑안(一路平安)'이라고 말했다. 어, 그건 떠나가는 사람이 하는 말은 아닌데. 한국어로 하면 '무사한 여행길 되세요.'이고 영어로 하면 'Have a nice trip.'이다. 뜻밖의 준비되지 않았던 이별이라 나도 다급하게 뭔가 말을 하고 싶은데, 또 막상 떠오르지도 않아 같이 '이루핑안'을 해 버렸다. 그날 종일토록 그리고 꽤 오랫동안 그의 마지막 인사가 머리 속에서 떠나지 않았다. 날보고 인생이라는 여행길을 잘 살라는 말이었을까? 그와 아주 짧은 시간을 친구처럼 지냈는데 희한하게도 여운이 오래갔다. 남자친구라고는 단 한 번도 생각해 본 적이 없으니, 친구? 뭔가 안쓰러운 친구였을까? 단지 그가 좀 남들보다 못생겼고 늘 구겨진 셔츠를 입고 다녀서? 그는 그의 동생이 독일에서 대학을 공부했는데, 학비가 전부 공짜라고, 혹시 독일에서 공부할 생각이 있으면 자신의 동생을 소개해 주겠다고 했다. 아니 중국어 배우러 와서 웬 독일 유학을 권유받는지 알다가도 모를 일이었지만, 나는 한국에서 사립 대학을 다니느라 학비가 꽤 들었고, 큰오빠가 있는 미국으로 가려고 보니 미국 대학의 등록금은 또 한국과는 비교도 안 되어 고민이 이만저만이 아니었던 때가 있었기 때문에 독일 대학은 학비가 공짜라는 말이 그렇게 신선할 수가 없었다. 그래서 훗날 나는 그걸 똑같이 시조카아이에게 말했다가 아이는 정말 독일어과를 가 버려서 그의 부모, 즉 나의 시누이에게 언짢은 말을 들었었다. 독일어과를 나와도 독일어를 한 마디도 못 하는데다 독일 유학 같은 건 생각도 안 하는 아이에게 왜 독일어과를 가게 했냐고.

딸아이가 런던에 살게 되었을 때 나는 왕수에이의 이야기를 해 주며 혹시 주변 중국 사람 중에 그런 이름을 가진 사람이 있나 알아보라고 했다. 아는 중국 사람도 없지만 런던에 중국 사람이 얼마나 많은지 서울에서 김 서방 찾기나 마찬가지 일터였다.

나는 그의 오십 대 중후반의 모습과 그의 삶이 궁금하다. 나에게 '이루펑안'을 남겨 놓고 떠난 건 정말 중국어를 못 해서 그런 건지 아니면 심오한 뜻이 있어서 그랬는지 묻고 싶다. 기억도 못 할까? 내가 런던 시내와 템스 강변 다리 위를 자주 오가는데 꼭 한 번 마주쳤으면 좋겠다.

🐾하와이에서 온
아끼야마

  같은 시내의 중국어 클래스에서였다. 매일 수업을 하다 보니 지정석 같은 게 생겨 버렸다. 내 앞에는 두 중년의 일본 남자가 앉아 있었다. 맨 앞에는 한국인 아저씨가 대각선 저쪽에는 미국인이거나 프랑스인이거나. 왕수에이는 맨 뒤쪽에 앉았던 걸로 기억을 한다. 쉬는 시간이 되어 멍 때리고 가만히 있는데 앞에 늘 앉는 좀 나이 많은 일본인이 뒤를 돌더니 내게 한국말로 "당신의 눈은 정말 아름답습니다."라고 했다. 나는 눈이 휘둥그레져서 중국어 시간에 일본인 학생이 한국말로? 뭐가 뭔지 모르게 난감해져서 고맙다는 말보다는 "한국어를 할 줄 아세요?"라고 물어보았다. 아니. 한국어는 하나도 할 줄 모르는데 이렇게 말해 주려고 연습을 많이 했다고 했다. 수업이 끝난 후 함께 차를 마시게 되었는데 그는 시카고 대학에서 공부를 하여 영어가 유창하였고 하와이에서 오래 살았다고 했다. 도쿄에서는 연로한 아버지가 홀로 사신다고 했다. 일본 회사의 지사장으로 타이베이에서 근무를 한다고 하였고 사십 대 초반인데 미혼이라고 했다. 그와 나는 서투른 중국어와 또 나의 서투른 영어를 섞어 의사소통을 하였다. 타이베이에 모인 우리 모든 외국인은 다 서투른 중국어와 영어와 모국어가 뒤범벅이 되어 어지러운 가운데에서도 또별 문제없이 소통을 하며 그렇게 지냈다. 이방인들이어도 외롭거나 한가롭지 않은 도시였다. 그와 나는 어느 날 국립 대만 박물관에 구경을 하러 갔다가 해산물 식당에서 저녁을 먹게 되었다. 껍질 까는 게 귀찮아서 갑각류를 안 먹는다는 내게 새우와 랍스터를 곱게 벗겨 내 앞에 산더미처럼 쌓아 놓으며 자신의 여자 친구 이름이 '이**'라고 했다.

여자친구의 이름이 내 이름과 똑같았다. 내 이름은 원래 한국에서 흔해요. 하하~ 이런 우연이라니 ……. 근데 그 여자는 지금 앞에서 새우를 먹고 있어요. 오. 그래요? 어디? 여기 있어요? 고개를 돌려 휘익 돌려보고 있는데 뭐, 이런 밥통 같은 여자가 다 있나 하는 표정을 지었다. 그제서야 그가 나를 두고 한 말인 것을 알았는데, 참 일본 남자의 여자 꼬시기는 참 별나구나 싶었다. 수고스럽게 빙빙 돌려서. 이건 뭐 김중배의 다이아몬드 반지도 아니고 새우와 랍스터를 놓고 이런 구애를 받다니 참 희한한 상황이 아닐 수 없었다.

　나는 구애가 고민이 되었다. 막 이성적으로 좋아하는 감정은 안 생기는데 홀로 타이베이 생활은 막막했다. 친구들은 늘 곁에 넘쳐 났지만 그래도 그들이 내 가족이 될 수도 없고 또 나이가 스물서너 살이 되어 외국 생활 중에 만나는 그 우정엔 한계가 있었다. 나를 찾아오는 여자 아이들은 하나 가득인데 하룻밤 재워 주고 밥 사 주고 하면 또 자기네들에게 도움이 필요하기 전까지는 감감무소식이었다. 늘 남의 집 창문으로 비춰지는 따뜻한 불빛들이 가슴에 사무쳤다. 얼마 후 그가 아예 구혼을 해서 나는 나의 감정과는 달리 그래도 한 번 상상이란 걸 해 보았는데, 만약 한일 관계가 악화될 때는? 한일전 스포츠 경기를 할 때는? 그래도 조상들이 받은 핍박이 있는데? 일본에서 한국 여자라고 무시받는 거 아니야? 이런 생각들은 다 핑계이고 그를 사랑하게 될 것 같지 않았다. 그는 그냥 나에게 조언을 해 주는 어른이고 좋은 말동무이지 사랑의 감정과는 거리가 멀었다. 그렇다면 더 이상 그를 만나는 것이 시간 낭비란 생각이 들자 그를 마주치기 바로 10미터 전에서 택시를 타고 그 자리를 떠나 버렸다. 그 광경

런던의
길고양이

을 어이없게 바라보는 그의 얼굴이 황당하다는 듯 일그러졌고 나도 내 행동이 너무나 비열하다는 것을 알고는 있었지만 충동적으로 그렇게 되었다. 그는 오밤중과 새벽녘에 전화를 걸어와 일본인 특유의 악센트가 섞인 중국어로 혼잣말을 하듯 했지만 나는 할 말이 없어 끊어 버리곤 했다. 더 이상 시내 학원의 중국어 클래스도 나가지 않았다.

그렇다고 내가 연애 감정하고 담을 쌓은 청춘은 아니었는데, 모두 다 인연이 아니었다고 생각한다. 마음이 있어야 이성에게 호감도 가고 사랑도 하게 되는 거지, 거기에서 만난 그 모두들은 친구 이상은 아니었다. 그때 내 나이 24살 때였다. 청춘은 이렇게 지겹구나. 아무나 막 다 들이대고. 진심으로 지겨웠다. 그 사람들이 아니라 누군가 호감을 가지고 다가오는 감정 자체가. 사람의 마음은 말랑할 때는 한없이 허우적거리고 또 각박해지면 바늘 하나 꼽을 자리 없이 매정해져 버린다는 것, 나는 그렇게 극과 극을 오가며 살고 있었다.

🐾타이베이 연가

그러다 나는 이사를 하기로 결심을 했다. 사대로에는 너무 한국 사람이 많았고 우리는 늘 친목을 다지느라 중국어를 할 틈이 없었다. 거길 떠나야 내 중국어 실력이 늘 수 있겠다는 생각에 혼자 집을 알아보고 하여 이번엔 대만 대학 후문 동네로 이사를 하게 되었다. 그것도 용달차를 불러 제법 이사다운 이사를 했는데 사실 택시로 몇 번을 왔다 갔다 하면 될 것을 나는 모름지기 이사란 그렇게 하는 것인 줄 알았다. 겨우 옷가지와 이불 밥그릇 몇 개 있는 걸 가지고 말이다. 방은 더 넓어져서 좋았는데 주방이 없기는 마찬가지였다. 방이 세 개인 그 아파트엔 저마다 각자의 방 안에만 틀어박혀 지내 거실에 있는 소파엔 먼지가 뽀얗게 앉아 있었다. 동네가 이젠 불야성의 번잡한 곳이 아니라 조용한 주택가라 나는 이제 차분하게 본격적으로 중국어 공부를 열심히 하여 임어당 선생의 작품을 원어로 읽는 꿈을 이루기만 하면 된다고 생각했다. 내 방이 가운데 있고 왼쪽 방엔 대만인 아메이가 오른쪽 방엔 미국인 브랜다가 살았다. 아메이와 나는 친하게 지냈고 매일 밤 둘이 앉아 이야기도 많이 나누고 쇼핑도 함께하러 가곤 했는데 고약한 브랜다는 얼굴 보기가 정말 쉽지 않았다. 가끔 얼굴보고 하이!라도 하려고 하면 왜 그렇게 화가 난 얼굴인지 정말 안 예쁜 미국 여자였다. 그런데 영어 학원의 선생이라고 했다. 저렇게 무서운 얼굴로 영어를 가르친다고? 브랜다에게 신기한 게 참 여러 가지가 있었다. 잠을 자러 밤에 들어오고 아침에 나가는 건 알겠는데 통 욕실 사용을 하지 않는 다는 것이었다. 정말 신비할 정도로 샤워하는 모습을 단 한 번도 본 적이 없었다. 그런 그녀의 금발 머리는 늘 떡이 져 있었다. 언젠가 아메이가 물어보니 남자친구 집에서 살다시피 한다고 했단다. 저렇게 안 씻어도 남자친구가 다 있구나라는 생각을 하기도 했었다. 또 언젠가는 동물 울음소리를 밤새도록 내서 공포감에 떨게 만들기도 하고 참 알 수가 없는 백인 여자였다.

어느 날 아메이는 자기가 짝사랑하는 남자를 만나러 가는데 같이 가자고 했다. 부끄러워서 혼자 가긴 그렇다고. 식당에 도착을 하고 보니 아메이가 짝사랑하는 남자는 또 자기 동료를 데리고 나와 있었다. 우리는 식사를 마치고 KTV(노래방)엘 갔다. 짝사랑의 동료남은 노래를 아주 잘했다. 인상적으로 아주 잘했고 목소리가 좋았다. 나는 그때 하얀 운동화를 신고 있었는데 어떻게 비 오는 날 그렇게 깨끗하게 신을 수 있느냐고 신기해했다. 그다음 날 집 전화로 누군가 나를 찾았다. 어제 그 동료 남이었다. 자기가 저녁을 사고 싶은데 어떠냐는 물음에 좋다고 했다. 마침 밸런타인데이였는데 '사계(四季)'란 고급 레스토랑은 예약제로 손님을 받는 곳이었다. 그는 아주 커다란 장미 꽃다발과 큰 초콜릿 상자를 선물이라고 주었다. 타이베이 생활 9개월째라 대화는 다 해도 여전히 발음은 외국인 특유의 악센트였는데도 그는 인내심을 갖고 나의 이야기를 들어주었다. 참 착한 남자였다. 아메이는 짝사랑 남에게서 아예 연락도 없었다는데 나는 커다란 장미 꽃다발과 초콜릿 상자를 들고 들어가니 좀 미안하고 무안했었다.

나는 그와 연애를 하게 되었다. 그는 나의 매일 신고 다니는 하얀 운동화에 반해서, 나는 그의 노래에 반해서. 그리고 일 년 후 우리는 부부가 되었다. 나의 스물네 살 반일 때, 그의 나이가 아직 스물다섯 살일 때 우리는 어린 부부가 되었다. 그의 선량함과 성실함, 다정함은 이 세상에서 무서울 게 없게 느껴질 정도로 든든하게 느껴졌다. 임어당처럼 살게 되나 싶었다.

런던의
길고양이

🐾결혼

연애는 조용하고 예쁘게 했지만 결혼은 나라와 나라 간의 일. 그리고 지방 유지였던 시아버지 덕분에 난리법석을 떠는 결혼을 했다. 타이베이에서의 신혼 생활 일 년이 지난 후 우리는 시아버지의 강요로 도시 생활을 정리하고 그의 고향 집에 내려와 시부모님과 뒷방에서 누워만 계시는 시할머니와 함께 살게 되었다. 나의 시골 시집 생활은 또 다른 신세계였다. 전혀 다른 세상을 살게 되었다. 생닭을 못 잡는다고 이웃집 친척 아주머니에게 욕도 먹었고, 3층 집을 오르내리며 청소하고, 매일 제사 지내며 귀신을 위한 가짜 종이돈을 태우며 연기를 들이마시고, 삼시 세끼 밥 차리다 하루가 가던 때의 내 나이는 아직 26살이었다. 거기다 시어머니는 지능 장애이고 자폐증이면서 물건을 병적으로 쌓아 두기만 하고 정리 못하고 사는 호더이기도 했다. 아무래도 이상해서 "당신 어머니 너무 이상해."를 몇 번이나 묻고 또 물어서야 새신랑은 겨우 실토를 했다. 그는 굳이 그 중요한 이야기를 하지 않았었다. 나는 그저 낯가림이 심하고 얌전하신 분이라고만 짐작을 했을 뿐이었다. 한동안 시어머니는 우리와 한 침대에서 잤다. 그냥 밤 늦게까지 우리의 방을 떠나지 않았으며 당신 방의 욕실을 놔두고 하필 우리가 쓰는 욕실을 오래도록 물소리를 내며 쓰기도 하셨고, 내가 외출을 하면 내 속옷을 정리하고 내 빨래를 빨아 놓기 일쑤였다. 아무리 숨겨 놓아도 왜 내 속옷을 그렇게 찾아내는지 정말 모를 일이었다. 가끔 내 친구들이 전화를 걸어오면 한국어를 전혀 못 알아들으면서도 저쪽에서 전화기를 내내 들고 계셨다. 쓰레기를 절대로 버려서는 안 되는 것이며, 버리려고 모아 놓은 쓰레기도 다시 가져다 다시 꽁꽁 싸매고 숨겨 놓았다 특히 내 방의 내가 버린 쓰레기는 늘 어딘가에 숨겨 놓았다. 그런 모든 것들을 내가 불편해하고 고민에 빠져 하자 나의 착하디 착한 새신랑은 자기 엄마는 세상 어디에도 없는 천사라고 우겨 대었다. 마치 천사와 악마의 대결 같은 구도로 자꾸만 몰아가고, 내가 자기 엄마를 어떻게 하지 않을지 노심초사해했다. 천사이신 건 맞는데 나와는 잘 맞지 않는 천사였다. 서로 애착이 유별난 모자였다. 내가 살아오던 방식과는 너무 다른 삶을 살아야 해서 나는 마치 이상한 나라의 앨리스가 된 것만 같은 기

런던의
길고양이

분마저 들었다. 나는 남편의 일가친척이 모여 사는 마을에서 외계인이 틀림없었다.

나는 집안일에 집착을 떨었다. 특히 부엌일과 청소를 한 맺힌 사람처럼 해대곤 하였는데, 그걸 할 사람이 집안에서는 나 하나밖에 없어서 이기도 했다. 집은 곧 나의 인격이고, 내 가족의 배를 채우는 것은 내가 가장 손쉽게 할 수 있는 사랑이며 인간의 도리라고 생각했다. 그건 지금도 변함이 없다. 나는 깨끗한 게 좋고 누군가를 먹이는 것이 좋다. 명절날이 되면 촌수를 알 수 없는 먼 친척들까지 꼬박 2주일 동안 방문을 하고 식탁은 2단으로 되어 위 아래로 음식을 가득 차려 놓고 뺑뺑 돌려가며 세끼 대접을 하곤 했다. 그나마 그거라도 하는 걸 좋아해서 다행이라는 생각이 들었다. 음식하는 것도 좋아하고 설거지도 좋아서 힘든 줄을 모르고 해대고⋯⋯. 신나게 좋아하는 일을 하면서도 행복하지 않는 게 참 이상했다.

내 인생의
첫 차 푸조

    그때까지 남편이 몰던 혼다도 있고 또 내 첫 출산과 때를 맞추어 시아버지가 사신 볼보도 있었지만 온전히 나의 차는 아니었다. 당신 차가 없는데 내 차라고 사면 그걸 당연히 시아버지 쓰시라고 하지 갓난아이 돌보는 게 일인 새파랗게 젊은 내가 그 비싼 차를 끌고 다닐 리가 만무했다. 또 둘째 아이를 낳으면서는 중형차 콜로라를 사기도 했다. 그것도 내 차라고 했지만 남편은 몰던 혼다를 자기 여동생을 주어서 차가 없는 상태였다. 차를 사면 그냥 사면 되지 왜 꼭 내 차라면서 나에게 생색을 내면서 사는 건지 정말 알다가도 모를 일이었다. 내 힘으로는 도저히 외출을 못 하고 바깥 세계에 발을 내딛을 수도 없는 감옥 같은 날들을 보내다가 어느 날은 느닷없이 그 갑갑증이 극에 달하였다. 전화로

콜택시를 불렀다. 은행에 먼저 들러 현금을 찾았다. 대만 돈 십만 원 즉 한국 돈 350만 원이었다. 오며 가며 간판만 눈에 익혔던 중고차 가게에 들러 차를 사러 왔다고 했고 마침 십년도 훨씬 넘은 파란색 미니 푸조가 있었다. 차에 대해 아무것도 모르는 나는 이 차가 멀쩡하냐고 물어보았다. 이상이 없느냐고. 고장 난데 없고 잘 굴러가기만 하면 되었다. 나는 갓 태어난 아기와 겨우 세 살 된 딸아이를 태우고 집으로 돌아왔다. 모두들 아연실색했다. 그냥 아무렇지도 않게 택시를 불러 길가의 중고차 딜러에 가서 차를 사서 턱하니 끌고 오다니. 나는 속이 다 후련했다. 내 행동이 모처럼 마음에 쏙 들었다. 그 차를 집 앞에 세우고 한 아이는 품에 안고 한 아이는 손을 잡고 집안에 들어서며, 거의 뿌듯하기까지 했다.

시골에 사니 외출은 운전을 해서 나가는 수밖에 없었지만 나는 3년 동안 임신과 출산을 하고 또 아이들을 돌보느라고 내 발로 바깥을 나갈 수가 없었다. 꼭 남편이 운전을 해 주어야 외출을 하고 일을 볼 수밖에 없었는데 내가 면허증이 없나? 운전을 못 하나? 나는 한국과 대만 두 나라의 면허증을 다 가지고 있었다.

작은 아이가 점점 몸이 커져가고 뼈가 단단해지자 바깥 산책이 필요할 때가 되었고 혼자서는 외출도 못 하는 내가 바보같이 느껴졌다. 금치산자가 따로 없다는 느낌이 들었다. 나 스스로에게 날개를 달아 주어야겠다는 생각이 퍼뜩 들었던 것이다. 내가 내 발을 움직여야지, 내가 내 인생을 구해 주어야지 누가 그걸 해 준단 말인가 하는 자각이 들었던 날이기도 하였다.

런던의
길고양이

🐾외딴 집

우리는 논두렁이 한가운데 집을 짓고 살았다.

작은아이가 두 살 때, 원래는 창고 같은 가건물이 폐기물처럼 방치되어 있었는데 우리 가족 모두가 한 길가의 집에서 소음에 시달리던 터라 집을 지으면 어떻겠느냐고 물었고, 그 누구의 반대도 없이 일은 일사천리로 진행이 되었다. 대문에서 저쪽 울타리까지는 총 이천여 평이었고 집안은 화장실 3개, 방 5개로 만들었다. 거실을 두 개로 만들고도 꽤 공간이 크게 남아 미끄럼틀을 놓고 아이들 실내 놀이터를 만들었다. 집 밖으로는 채소밭, 꽃밭을 만들었고 특히 꽃밭은 내가 주말이면 멀리 수목 시장으로 차를 끌고 가 묘목들과 꽃나무들을 열심히 사다 심었다. 첫해에는 장미 꽃밭을 만들었다. 그다음으로는 라일락이며 라벤더들을 많이 심었으며 배나무와 키 큰 야자수도 무럭무럭 자라 주었다. 레몬나무와 바나나나무, 파파야나무의 과일들도 열심히 잘 자라 주었다. 닭장에는 닭이 열댓 마리가 늘 있었고 얘네들 밥 주는 것은 딸아이가 이른 아침에도 옷을 챙겨 입고 나가 잘 챙겨 주었다. 더 자라고 하니, 닭들이 배고플 거라고 총총거리고 뛰어나가는 아이는 아직 유치원생이었다.

어느 날 아주 커다란 공작을 선물로 받았는데, 그런 걸 선물로 주고받는다는 것도 충격이었지만 이 녀석은 마당을 마음껏 휘젓고 다니다 세탁기 위에 앉아 있기도 하여서 나는 겁을 먹기도 하였다. 내가 무서워하는 눈치를 보이면 날개를 활짝 펼치는데, 동물원에서나 볼 수 있을 만한 공작의 날개 쇼가 재미있지는 않고 엄청 무서웠다. 그러면서 똥을 푹푹 싸대면서 훌쩍훌쩍 뛰어다니는 모습이 딱하기도 해서 남편에게 "아무래도 쟤한테 여자친구가 필요한 것 같아. 좀 구해 봐."라고 했더니 그날 오후에 키가 엄청 큰 타조 한 마리를 데리고 왔다. 그런데 얼굴에 왕여드름투성이라 예쁘지도 않은데다 수다쟁이처럼 부산스러웠다. 공작도 그닥 반가워하지는 않았고 같이 놀지도 않더니 바로 그다음 날 애가 없어져 버렸다. 집 인근을 아무리 찾아보아도 보이질 않았다. 공작이 가출한 게 틀림없다고, 너무 안 예쁜 타조를 같이 여자친구라고 붙여 줬으니 그냥 가출을 해 버린 거라고 나는 말했다. 외모 지상주의라고 비난을 받아도 할 수 없었다. 여드름쟁이 타조는 똥도 어마어마하게 싸대서 도로 타조 농장에 데려다주었다. 결혼도 못 시켜 주게 되었는데 가족이나 친구들 품으로 다시 돌아가는 게 그 아이를 위해 맞는 것 같았다. 공작도 타조도 모두 사라진 다음에야 다시 평온한 일상으로 돌아가게 되었다. 피터라는 이름을 붙인 하얀 토끼와 길고양이 메메, 집 지키는 개 마리, 딸아이가 학교 근처에서 주워 온 이미 배가 불룩한 강아지 써니 등등 우리는 대가족을 이루고 살았다.

평화로운 풍경 속의 내 감정은 늘 균형을 맞추지 못하고 기우뚱거리며 마치 언제 터질지 모르는 화산처럼 늘 머리가 아팠다. 행복해야만 한다는 억지 속에 나를 맞추어 가는데 가끔은 그런 혼자만의 노력이 한계에 도달해 힘에 부쳤다. 내 자식이야 내가 양육하고 보살피고 보호하는 게 너무나 당연하지만 점점 어린아이같이 아들에게 기대는 시어머니의 모습이 보기가 힘이 들었다. 그때의 시부모님들은 여전히 오십 대이셨지만 꼭 팔십 대 노인들처럼 너무 나에게 모든 것을 의존하고 계셨다. 나의 아름다운 삼십 대는 그렇게 아이들 아빠와 시어머니의 효도 타령 메들리로 점철되어져 갔고 그분들을 진정으로 사랑하지 못하는 것에 대한 죄책감이 나의 온 일상을 지배했다. 나는 늘 울퉁불퉁한 나 자신과의 감정 싸움을 하고 앉아 있었다. 정원은 그렇게도 아름 다운데도 말이다.

런던의
길고양이

🐾스토리텔링 수업

우연찮게 집에서 30분 거리의 국립 과학 기술 대학의 평생 교육원에서 그림책 만들기 수업을 한다는 이야기를 전해 들었다. 영국에서 막 유학을 마치고 돌아온 일러스트가 강사였는데, '우리 손으로 만드는 나의 그림 이야기책'을 주제로 수강생들이 자신의 이야기를 하는데 우리는 같이 울고 웃었다. 마음이 아픈 기억을 가진 누군가에게는 따뜻한 포옹과 위안을 건넸고, 유쾌한 경험을 나눈 누군가와는 또 그 공감을 나누며 함께 즐거워했다. 석 달 과정 동안 만들어진 저마다의 책들은 십인십색으로 다양한 이야기를 담고 있었다. 나는 『나의 옷장 속 이야기(我的衣櫃裏的故事)』라는 책을 만들었는데, 내가 가진 옷들에 대한 추억을 글과 그림으로 그려 내었다. 가령 피카소의 그림을 연상시키는 실크바지는 홍콩에서 산 건데 그걸 입을 적마다 사람들이 특이

하다고 꼭 물어 오곤 한다는 이야기, 아들아이가 네 살 때 엘비스 프레슬리의 나팔바지를 만들어 달라고, 또 거기에다 별도 붙여 달라고 했던 이야기, 아버지가 따뜻한 대만에 살고 있는데도 겨울에 내가 추울까 봐 모피 코트를 손에 들고 공항에 나타나셨던 이야기, 갓난아기였던 딸을 어르고 달래다 택시를 불러 머나먼 다른 도시의 옷가게에 들어가서는 엄청나게 섹시한 드레스 두 벌을 충동구매해서는 몇 년 내내 아주 잘 입고 있는 이야기, 내 결혼 선물로 패션쇼에 입었던 분홍빛 고운 한복을 선물해 준 순풍 사모님의 이야기도 있었다. 내가 슬리퍼처럼 신고 다니던 구두가 있었는데 마음에 쏙 드는 디자인이라 몇 년 동안 그걸 신고 한국, 홍콩, 발리, 미국을 다 돌아다닌 이야기도 그랬다. 그것만은 아무리 낡고 닳아도 버리고 싶지가 않을 정도가 애착이 가는 신발이었다. 옷은 곧 추억이고 기억이지 않은가. 책을 한 장 한 장 만드는 과정도 참 좋았다. 실과 바늘과 강력 풀과 책의 무게를 눌러 줄 쇳덩어리가 필요했고 종잇장을 고르게 잘 자르기 위해선 재단 칼도 필요했는데 그건 프린트 가게를 쫓아다니며 했다. 그 당시의 나는 미술 재료사와 프린트 가게를 매일같이 드나들었다.

그 과정을 모두 마친 후 우리는 전시회를 하게 되었고, 특히 여

러 초등학교를 돌아가며 전시하자 그림책 만들기 열풍이 일기도
하였다. 그때 나의 세상에서 그림책을 만드는 것은 내 아이들을
잘 보살피는 것 다음으로 중요했다.

곧 비영리 기구 스토리 텔러 단체가 만들어지고 일주일에 한
번씩 세미나를 하게 되었다. 자신의 이야기를 한다는 것은 참 중
요한 일이었다. 그림책을 만들면서, 나 자신을 찬찬히 돌아보게
되는 의미 있는 시간이었다. 그리고 더불어 남의 이야기를 들어
주는 일도 참 중요하였다. 경청을 하는 것만으로도 상처가 있는
사람들은 치유를 받을 수도 있었다. 돈이 되는 일과는 거리가 멀
었지만 그렇게 살아갈 수 있는 내가 가진 여건과 주변의 환경이
감사했다. 아름다운 노동에 나 자신을 바치는 일을 하면서 살고
싶다는 바람을 가지게도 되었고 나는 전시회에 때문에 방송사
인터뷰를 다 하게 되었다.

한국어 교실

대만에는 각 지역마다 성인들을 대상으로 하는 정부에서 지원해 주는 문화 교실이 있다. 아이들을 키우면서도 틈틈이 꽃꽂이나 서예 등 나름 취미 생활을 하던 어느 날 나는 사무실로 찾아가 한국어 교실을 만들어 보지 않겠느냐는 제안을 했다. 그때까지는 영어나 일어 정도가 외국어 클래스의 전부였다. 검토를 해 보고 연락을 주겠다고 했다. 그렇게 해서 나는 한국어 교실의 강사가 되었다. 2000년대 초반만 해도 한국어 교재가 별로 없기도 했고 설령 서점에도 있어 봤자 서너 권 정도여서 나는 이 책 저 책 참고하며 편집을 하고 복사를 해서 책을 만들어야 했다. 훗날 서울대 어학원 한국어 교과서를 한 교수님이 보내 주셨는데 내가 편집한 책이 이미 습관이 되어서인지 훨씬 더 쉬웠다. 책이 고급지기는 한데 영 진도는 안 나갈 것 같았고 기본 한국어 교과서만 무려 12권이나 되었다. 처음엔 한글의 자음 모음 철자를 배우고 기초 회화부터 가르쳐 갔다. 그때도 한 반에 열 명 정도는 되었고 열기는 뜨거웠다. 성인들을 대상으로 하다 보니 저녁 시간이 되었는데, 교직을 은퇴하신 노선생님, 한국과 무역을 하는 사업가들 외에 대부분은 한국 드라마나 연예인에 빠져 있던 이십 대 젊은 여성들이었다. 그래서 팬레터 쓰는 법을 가르치기도 하였고 노래를 가르치기도 하였다. '곰 세 마리가 한 집에 있어'와 '엄마가 섬그늘'에, '언젠간 가겠지 푸르른 이 청춘 세월'을 모두들 잘 따라와 주며 배웠다. 문화 회관에서 배우는 거 외에 더 배우고 싶다고 해서 집에서도 클래스를 열었다. 이십 대 처자들이 막 한국어 수업에 열정을 불태웠다. 누군가는 남자 아이돌 그룹 누구에게 편지를 썼다며 좀 교정을 해 달라고 했고, 누군가는 여행을 가서 한국어로 내게 엽서를 보내왔다. 진지하게 열심히 배우는 나의 학생들이 너무 좋아서 가기 전에 강의실 건물에서 가까웠던 '85도씨 베이커리'에 들러 버블티를 잔뜩 사들고 수업에 들어가기도 했다. 모처럼 내 인생의 불빛들이 환하게 반짝이던 시절이었다. 그리고 얼마 후 미국으로 떠나게 된 것이다.

🐾 마지막 한국어 수업

나는 이 일기를 내 블로그에서 발견을 했다.

내가 지역 문화 센터에서 한국어를 가르치면서 마지막 수업 날 쓴 일기이다.

생각해 보니 마지막 수업이었다.
지난해 11월부터 한국어를 수강해온 학생들에게는…….
기초 회화 한 권은 이미 마스터했고, 아이들 동화 책과 일반 회화 책(중급)을 반 정도 나갔으니 서로 간에 잘 가르쳤고 잘 배웠다는 생각이 든다.
계속 나가면 또 다른 새 학생들과 진도를 도저히 맞출 수 없고 또 내가 집이 멀어 매일 오갈 수 없는 관계로 그들의 한국어 수업은 일단락을 짓기로 했다.

참으로 기특하고 고마운 학생들이었다. 지난 4개월 동안 감사하다고 하였다.

출장이나 출국의 불가피한 이유를 빼면 모두가 너무 성실한 학생들이어서 내가 오히려 감동을 받았다고 했다.

"당신의 꿈은 무엇입니까"

여러분의 첫 한국어 선생으로써 각자의 꿈이 무엇인지를 좀 듣고 싶다고 하였다.

곽재구 시인이었던가? 포구기행의 저자. 그의 이야기를 해 주었다.

"그가 가난하고도 마음의 길을 잃은 어느 마음 아픈 젊은 날, 조그마한 항구에 도착하여 망연자실 서성거릴 때 모르는 할머니 한 분이 집으로 이끌어서는 따뜻한 밥이 놓인 가난한 밥상을 차려 주셨답니다. 시인은 감격에 벅차 허겁지겁 밥을 먹는데 통 교육이라곤 받지 않았을 것 같은 그 할머니가 그랬다고 합니다. 사람이란 꿈이 있어야 하는 법이여……라고."

그들은 중국어로 대답을 하고, 나는 한글로 칠판에 써 주고 다 함께 읽었다.

누구는 "한국어를 잘 할 수 있게 되는 것"

누구는 "공무원이 되는 것"

누구는 "개인 병원을 차리는 것"

누구는 "가게를 차리는 것"

누구는 "유학을 가는 것", "가이드가 되는 것"

누구는 "큰 병 없이 건강하게 살다 가는 것……"

"여러분. 제가 일 년 후에 확인할 것입니다.

꿈을 이루었는지, 근접하고 있는지…….

여러분 모두 祝美夢成真!(꿈을 이루시길 바랍니다!)"

회계학과의 퇴임 교수이신 왕 선생님이 그러신다.

한국어로 더듬더듬 "선생님, 감사합니다. 저는 선생님 때문에 꿈을 이루었어요."

한국으로 여행을 갈 적마다 길거리의 간판들이 도대체 무슨 글자들인지 알 수가 없어 무척 답답하셨었는데 이제는 다 읽을 수 있게 되었다고 하신다. 나의 가장 성실하고 우수한 학생이었지만 글자 하나하나를 문법상으로 파고들어 나를 골치 아프게 하시기도 하셨었다. 평생을 숫자와 시름하며 살아오신 습관 그대로 수업 시간에도 꼼꼼하게 따지고는 하였는데 나는 그 덕분에 내 모국어를 공부해 가며 가르치는 소중한 시간이 되었다.

마카오 출장 중에 선물이라며 아름다운 책 한 권(미국의 여성 사진가가 티벳을 여행하며 기록한 포토 에세이이다.)을 보내온 이 학생의 꿈은 바로 '사업가'가 되는 것이다. 역시 결석을 단 한 번도 하지 않고 꼬박 수업에 참석한 성실한 학생이기도 하며 간단하고 부분적이나마 한글로 쓴 편지를 동봉해 나를 감격하게 하기도 하였다. 한 가지를 보면 열 가지를 안다는 말이 실감날 정도로 매사에 열심히 하니 꼭 자신의 꿈을 이룰 것이라고 믿어 의심치 않는다. 꼭 자신의 꿈을 이루리라고……

자신의 꿈을 이야기 한 학생들의 수업은 이로써 마지막 수업까지 끝났고, 다음 3월이 되어 다시 새로 들어온 학생들이 있다. 그중 한 학생은 얼마전에 한국에 갔다가 외국인을 위한 한국어 프로그램을 찾아 서울의 모 대학에 갔었다는 말을 하여서 나는 웃음을 터뜨리고 말았다. 나의 모교이기 때문이다. 그러면서 학교 안에 계단이 수없이 많고 언덕을 오르내리는 것을 보고 거의 포기하였다고 한다. 힐만 신고 다니는 엄청 멋쟁이이기 때문이다. 그런 한국어 어학 연수의 학비가 석 달에 98만 원이라는 것도 그때 처음 알았다. 스물다섯 살이 되도록 돈 벌어 저축해 놓았으니 한국에 석 달 머무르며 공부하고 놀아도 될 것 같다는 그녀의 이야기였는데, "물론! 물론!" 대찬성이라고 해 주었다. 이왕 하는 거, 아주 아주 잘하고 열심히 해서 한국에서 고급 인력으로 돈도 벌 수 있게 되기를 바란다고 말해 주었다. 인생은 짧지도 그렇다고 길지도 않아서, 석 달이고 삼 년이고 타국에 나가서 새로운 경험을 하는 시간은 꼭 필요한 것이라고도 하였다. 돈이란 또 벌면 되는 것이다. 내가 몸소 겪은 것이니 정말 그 시간은 말도 못 하게 소중한 것이라고 절감하고 있다.

나의 꿈은 무엇일까?
너무나 간단하다. 현실에 최선을 다 하는 것이다.
가정 안에서의 내 역할에 최선을 다 하는 것은 물론이고 한국어 강사로, 통역자로, 그리고 책 사서 읽는 사람으로, 또 그냥 사람 자체로…….
큰일, 사소한 일 모두 할 것없이 후회하지 않게 되고 아쉬움이 없도록 최선을 다하는 것이다.

-2006년 12월 20일의 일기-

런던의
길고양이

난 이 일기를 읽고 눈물을 흘리고 말았다.

나도 한때는 열심히 살았구나. 저렇게 사람들에게 조금이라도 좋은 영향력을 끼치려고 노력하며. 정말 노력 많이 하며 살았구나. 헌데 지금은 너무 한심한 사람이 되어 버렸다. 이 모든 것을 새까맣게 잊어버리고 살아왔었다. 저 학생들의 얼굴을 기억도 못 한다. 현실에 최선을 다 하는 게 꿈이라고 해 놓고는 미국 와서 너무 나태하고 게으르게 살아왔다. 시간을 펑펑 낭비한 게 제일 후회가 된다. 너무 마음이 아픈 밤이다.

타이베이로 돌아가다

7년 만에 타이베이로 돌아가는 비행기를 탔다. 달라스 공항에서 떠날 때는 2일 저녁 무렵이었는데 시애틀 공항을 거쳐 5시간 경유를 하고 12시간 비행 끝에 당도하니 이미 4일 새벽이 되어 있었다. 아들아이는 마침 군대를 가기 위해 토론토에서 대만으로 돌아가 있었고, 딸아이 역시 그 전해 대학을 졸업하고 인턴 3개월 다 마치자마자 바로 대만으로 떠나 버렸다. 그때 딸아이는 떠나가면서 미안하다고 했다. 그래도 자기는 대만에 가서 살고 싶다고 했다. 집도 대만에 있고, 일가친척, 태어나서 익숙한 모든 것들이 대만에 있으니, 당연히 가고 싶을 것이라고 나는 그 애의 마음을 충분히 이해했지만 쓸쓸함이 느껴지는 건 어쩔 수 없었다. 미국에 홀로 남게 된 나는 그야말로 새가 되어 버렸다. 그래도 그 애가 행복한 게 더 중요했다. 딸은 중학교 2학년 때 미국을 와서 대학 졸업하기까지 8년을 살고 돌아갔다. 돌아가기 전날 밤, 나는 물었었다. 혹시 내가 괜히 온 가족을 미국으로 데리고 와서 괜한 어려움을 겪게 한 건 아니었는지. 그냥 계속 대만에서 살았을 걸 그랬나 봐……. 하니, 그 애는 한 번도 괜히 미국에 사는 걸 괴롭거나 싫다고 생각해 본 적이 없다고 했다.

정말 좋은 추억이 많다고. 좋은 학교, 좋은 동네, 좋은 집, 좋은 친구들 하고 즐거운 시간이어서 후회나 원망 같은 건 전혀 없다고. 다만 자기가 돌아가고 싶은 건 그냥 그러고 싶어서라고 했다. 자존심이 강한 딸은 분명 나름의 어려움이 있었을 터인데, 그걸 털어놓지는 않았다. 우리 다시 만날 때까지. 그날이 금방 오겠지…… 그렇게 아이를 대만으로 보냈었다.

도착한 날, 퇴근 시간이 되어서야 딸아이를 근 1년 6개월 만에 다시 만나게 되었다.

아들아이와 우리 셋은 훠궈(火鍋)를 먹으러 갔다.

❀ 중정 기념당

토요일이고 쉬는 날이어서 셋이 중정 기념당엘 가기로 했다.

내가 타이베이에서 가장 좋아하는 곳 중의 하나이다. 1989년, 타이베이에 처음 도착했을 때 살던 동네인 사대로(師大路)가 가까워서 새로 사귄 친구들과 저녁이면 거기까지 운동 삼아 걷기를 했었다. 빛깔 고운 잉어들이 놀고 있는 그곳의 연못가와 잘 꾸며진 정원에서 한풀 꺾인 저녁 바람을 맞고 있으면 내가 다른 나라에 와 있다는 실감이 나면서 뭔가 아련해졌다.

풍경도 아름답고, 저마다 중구난방으로 떠들어대는 청춘들도 아름다웠다.

그래서 난 거기가 참 좋다. 중정 장개석이 어떤 위대한 인물이었는지는 알아도 그만, 몰라도 그만이었다. 그 때문에 만들어진 그늘에서 내가 즐거운 한때를 보냈으니 고마운 인물임에는 틀림없다.

텍사스에서는 상상할 수도 없는 것, 뉴욕에서는 꿈도 못 꾸는 너무 멋진 지하철이 타이베이에는 있다. 모든 전철역 안과 전철 안에서 음식을 먹는 것이 금지되어 있어 정말 너무 깨끗하다. 그걸 타고 있으면 내가 막 꽤 괜찮은 수준의 사람인 것 같은 느낌을 느끼게 해 준다. 예전에 미국 가서 살기 전에도 다른 건 몰라도 지하철과 고속도로의 공중 화장실과 서점들 수준은 정말 최고였던 걸로 기억한다. 내가 오래 살았던 나라인지라 이것저것 친숙하고 좋은 기억들이 내가 다니는 길마다에 깔려 있다. 저녁을 딸아이가 산다고 해서 그 애가 자주 간다는 카페에 가서 대만 스타일의 퓨전 요리들을 먹었다. 나는 또 그 예쁜 카페가 만족스러웠다. 예쁜 데에서 맛있는 거 많이 먹고 살아가는 것도 참 중요한 일이다. 다행이었다.

고양이 마을 유람

  타이베이 역에서 기차를 타고 한 시간 거리의 지우펀(九份)
에 사진을 찍으러 갔다. 여러 차례 온 곳이지만 올 적마다 늘 어
떤 감회가 있다. 옛날 옛적에는 사람이 드나들기가 힘들었던 산
간 마을이었지만 일제 식민지 시절에 탄광촌으로 홍등의 아스
라한 빛 같은 번영을 누리기도 했던 곳. 영화 〈비정성시(悲情城
市)〉 때문에도 그렇고 〈센과 치히로의 행방불명〉 때문에도 그렇
고, 특히 비 내리는 날에는 감정의 밑바닥을 울리는 묘한 매력이
있는 곳이다. 마을을 돌아보며 사진도 찍고, 강아지, 고양이 따
라다니며 말도 시켜 보고, 밥도 사 먹고 주전부리도 하며 한나절
의 시간을 보냈다. 이왕 거기까지 간 김에 고양이들이 주민을 이
루는 마을로 유명한 곳에 가자고 해, 다시 기차를 타고 고양이 마
을(猴硐猫村)로 갔다. 조그마한 시골 역에서 한 시간쯤 기다리

면서 우리는 거리의 계란빵을 사다 먹었다.

아이들이 초등학교 저학년이었을 때 방과 후에 픽업을 해서는 운동을 시킬 겸 머리도 식힐 겸해서 바로 동네의 대학 운동장에 가서 뛰어놀고는 했는데, 차에서 내리면 늘 계란빵 장수 부부가 따끈한 계란빵을 팔고 있었다. 아이들, 특히 아들아이는 그걸 먹는 걸 너무나 행복해했었다.

그 기억도 나면서, 기차를 기다리며 아들과 함께 먹는 길거리의 계란빵을 먹는 시간이 아깝고도 아련했다.

원래는 원숭이가 많았던 마을인데, 역시나 일본인들이 고양이를 데려다 키우기 시작하면서 고양이가 사람보다 많은 마을이 되었다가, 그것도 일본인들이 돌아가면서는 방치되었다고 한다. 몇 년 전부터 동물 보호 단체에서 이미 기하급수적으로 번식된 고양이 후손들을 보살피기 시작했다.

일본 사람들은 뭘 그렇게 여기저기 많이도 흘리고 다니는지 모를 일이다.

대만이나 한국이나 일제의 잔상들이 아직도 많이 남아 있는 거 보면…….

당시 일본은 대만에서는 한국에서 하던 것과는 딴판으로 착하고 좋은 나라 사람들 노릇을 했다고 한다. 그래서 일본과 대만은 서로가 굉장히 연모하는 연인 같다.

마을의 전경이 너무 아름다워서 나는 몇 번이나 "이렇게 아름다운 마을을 고양이들에게 내주기에는 너무 아깝지 않나?"라는 말을 몇 번이나 했었다. 대만이 면적 자체가 아주 좁고 작은 나라인데, 인구 밀집이 높은 건 살기 편한 도시나 그럴 뿐 아무리 풍경이 좋아도 시골엔 사람들이 살게 되지를 않는가 보다.

다시 기차를 타고 한 시간 정도 걸려서 타이베이로 돌아왔다.

런던의
길고양이

다시, 홀로 떠나다

그사이 타이베이에서의 3주일이 지났다. 아들아이에게 그동안 나와 24시간을 함께 지내 주어서 너무 고맙고 수고했다고 말했다. 아들아이는 한 달 후 군에 입대할 예정이어서 그곳에 남아 있어야 했다. 아이들의 배웅을 받으며 공항 버스에 올랐다. 자정의 비행기였다. 팔을 흔들고 싶은데 오십견 걸린 팔이 15도 정도만 올라가다 말아, 빠이빠이도 성의 있게 못 해 주는 엄마라서 더 가슴이 아팠다. 그때 사실 나는 갱년기 증상을 심하게 앓아서 무엇을 먹어도 소화불량과 온몸이 통증에 시달렸는데, 그중 제일 심한 건 오십견으로 팔이 늘 아팠었다. 울고 싶은데 웃었다.

멋있게 손을 흔들지도 못하고, 웃지도 못하면 이 헤어짐도 두고두고 후회가 될 것 같아서였다. 참 내 인생이 혼란스러워지는 밤이었다.

나는 돌아오고 싶지 않았다. 하지만 가지 말라고 아무도 붙잡지는 않았다. 미국인지, 대만인지, 아니면 한국인지. 어디에서 살아야 더 내 삶이 완성되는 것인지, 도통 갈피를 잡을 수가 없었다. 비행기를 타기 전까지도 어느 순간에 팍 튀어야 하는지를 눈치보고 있었다. 세상은 이리 깜깜하고 별일이 없는데, 혼자만 마음이 바빴다.

아무도 잡지 않으니 다시 시간 맞추어 비행기를 탈 수밖에 없었고, 아무도 꼭 오라고 말하지 않았는데도 나는 다시 텍사스의 오지 마을로 돌아왔다.

런던의
길고양이

7

달라스 일기

✦ 오! 달라스

2007년, 달라스에 막 도착하자마자 제일 먼저 한 일은 우리 가족이 살 아파트를 구하는 일이었다. 그다음엔 아이들이 학교를 다니기 시작했고, 그다음으론 우리 어른들이 커뮤니티 칼리지의 ESL클래스를 등록해 다니기 시작했고 또 그렇게 두어 달이 지나고 나는 한국 문화 교육 센터에서 중국어를 가르치고 주간지에 영화 칼럼 쓰는 일을 하기 시작했다. 새로 상영되는 영화에 대한 칼럼을 쓰기로 해서 나는 매주 영화를 보기 위해 극장에 가야 했다. 어느 날은 극장 안에 나 혼자만 영화를 보고 있어 너무 무서워서 진땀이 난 적도 있었다. 영화를 보기 위해 익숙하지 않은 도시를 이리저리 종횡무진 달리고 또 그러면서 보게 되고 얻게 되는 것들이 충분히 있었다. 수많은 영화들 중 그때 내가 보았던 것들 중 가장 기억에 남는 것은 〈헤어 스프레이〉와 〈어메이징 그

218

래이스〉였다. 심형래 감독의 이무기들이 도시를 난장판으로 만드는 영화 〈디워〉도 보고 칼럼을 썼었다.

그 후 카페테리아를 운영하면서 계속 칼럼을 썼고 그 주간지가 폐간될 때까지 계속 하였다. 그때 글을 실컷 썼다. 남부 갈베스턴의 바닷가로 놀러 갔을 때도 호텔 안에서 영화 칼럼을 썼어야 했다. 약속이니까…… 대학을 다시 다니고 칼럼을 쓰며 비지니스를 하며 그렇게 분주하게 살았다. 그 와중에도 집안에서 지지고 볶기는 여전하였다. 우리 가족은 대만을 떠나올 때 가져온 돈으로 첫 해에는 카페테리아를 사고, 그 이듬해에는 집을 사고, 또 그다음 해에는 슈퍼마켓 안의 스시바를 샀다. 동분서주하며 열심히 살았지만 7년 후가 지나고 보니 우리는 그때까지도 애당초 가져온 돈을 까먹으며 살고 있는 걸 뭔가를 해내고 있다고 착각을 하고 있었다. 돈을 우선적으로 친다면 너무나도 완벽하게 실패를 한 거였다. 돈을 잃은 것은 많은 것을 잃어버린 것이었지만 그렇다고 모든 것을 잃은 것은 또 아니었다. 돈도 중요하지만 그것 이상으로 더 소중한 것은 건강, 가족 간의 화목 그럼에도 엇나가지 않은 삶에 대한 충실함은 두말하면 잔소리이다. 모든 경험은 다 의미가 있는 경험이다. 지나고 보니…….

❖애물단지 캠핑카

속이 후련하게 캠핑카를 팔았다. 미국에서는 RV라고 부르는 이 버스는 내가 붙인 별명이 돈 먹는 하마였다. 남편에게 캠핑카는 꿈이었다는 걸 알지만 나에게는 애물단지였다. 일단 그가 그렇게 거대한 버스를 끌고 여행을 다닐 만치 건강하지 않다는 거였다. 남편은 입원과 수술을 반복적으로 하며 살았고, 그럼에도 불구하고 건강에는 관심이 없었다. 일 외에는 피곤하다고 전혀 걷지를 않았다. 재활 센터를 퇴원하면서는 체육관에 같이 가서 열심히 운동해서 최고의 멋진 몸매와 건강 만들기에 도전하자고 다짐을 받았건만 현실은 그렇지 못했다. 버스는 제일 큰 것으로 주방 시설, 샤워실, 세탁기 등 생활에 불편함이 없을 정도로 설비가 완벽했다. 그 안에서 몇 달을 살았다. 원래 그 버스를 산 목적은 남편이 꿈꾸어 오던 대로, 곧 은퇴하고 로드 트립을 하며 살고 싶어서였다. 플로리다의 데스틴 비치를 베이스로 하고 여름이 되면 북으로, 겨울이 되면 따뜻한 남쪽으로 옮겨가며 살자고, 각 주마다 살게 될 RV Park도 알아보고 계획을 하고 있었는데, 공교롭게도 달라스 컨트리 클럽의 제너럴 매니저로 스카우트가 되어 버렸다.

마침 컨트리 클럽 인근에 땅이 있어서, 버스를 거기에 놓고 살았는데, 여행을 다니면서 캠핑 버스 안에서 사는 건 분명 멋진 일일 텐데, 그냥 주거로 그 안에서 사는 건 점점 고역이 되어 가고 있었다. 아침이 되면 똥통을 지프에 싣고 멀리 저 깊디깊은 숲속 어딘가로 배달을 다녀야 했다. 물은 왜 이리 자주 없어지는 건지. 설거지도 신경 쓰이고, 샤워할 때는 공간이 작은 것도 스트레스지만 물 생각에 좀 덜 깨끗이 하는 수밖에 없었다. 무엇보다 보험비가 엄청 비쌌다. 결국 다시 보통의 집으로 이사를 했다.

보기에만 근사하고 정차만 되어 있는 차인 게 아까워 에어비앤비로 활용을 하자고 했더니 망가지면 더 골치 아프다고 그것도 안 된다고 하였다. 그나마 우리 집이 숲속에 있어서 그 버스를 둘 수 있었던 거지, 법적으로 일반 주택가에 주차를 시킬 수 없고, 캠핑 버스 전용 주차장에 주차해야 하는데, 비용이 한 달에

300달러 정도였다.

나는 그 캠핑 버스를 볼 적마다 가슴이 쿵쾅 뛰었다. 너무 싫어서. 하루는 정색을 하고 말했다. "당신은 늘 아프고, 항상 약을 달고 살고 응급실도 자주 가고, 솔직히 뭐가 어떻게 될지 모르는데, 저 덩치 큰 게 저렇게 버티고 있으면, 만약 내가 혼자 처리를 해야 할 때 어떻게 해야 할지를 모르겠다. 생각만해도 골치 아프다. 치워줘. 제발!" 현실이 그랬다. 그 차 운전대를 잡고 헤매는 꿈도 꾸었다.

남편도 현재의 자기에겐 소용이 없는 물건인 걸 깨달았는지 급히 온라인 매매 사이트에 올려 팔게 되었다. 올리자마자 사겠다는 사람이 연락을 해 왔는데, 생각지도 않게 여자였다. 경찰이었다.

자기 엄마와 전국으로 여행 다니려고 산다고 했다. 그러니까 그 여자는 그걸 그리도 쉽게 운전하고, 나는 그게 안 돼서 몇 달 동안 투덜대고. 뭔지 모를 부끄러움과 남편에 대한 미안함이 밀려왔다.

"그게 그렇게 좋으면 뭐 그냥 두던지……. 여행은 못 가도 당신 가끔 잠도 거기에서 자고……." 이미 때는 늦었고, 캠핑 버스와의 인연은 여기까지이다.

나도 내가 갖고 싶었던 것에 대해 그렇게 불평을 해대면 정말 싫어질 것 같다.

생각해 보니 자꾸자꾸 미안해진다.

🐾오지의 시간

내가 살았던 텍사스 오지 마을은 달라스로부터 160km 나 떨어진 곳으로 운전으로는 두 시간이 걸린다. 가장 가까운 마트가 운전해서 40분이 걸리고, 맥도널드, 칠리스, 타코벨이 모두 이 정도의 거리에 있었다. 마을은 집들이 드문드문 있었고, 하루에 딱 두 시간만 오픈하는 우체국이 하나, 전 학년의 학생들을 다 모아도 스무 명이 될까 말까 한 초등학교가 하나 있는 곳이었다. 그때 남편은 사냥을 하는 헌팅 클럽과 리조트의 매니저였다. 그 클럽은 웬만한 지방 소도시 만한 면적이어서 광활했다. 우리는 회사에서 제공해 준 하우스에서 살았는데, 평일에는 정말 사람 하나 안 보이고 저녁으로는 어둠이 밀려오기도 전에 코요테들이 사방팔방에서 자신들의 존재감을 과시하기라도 하듯 울어대었다. 가도가도 지평선이 끝이 없는 수풀만 우거진 평야에서 나를 찾아 주는 것은 사슴 가족들이었다. 멀리서 바라보기를 한참하더니, 이내 내가 옆으로 지나가도 달아나질 않았다. 나는 걔네들하고라도 얘기를 하고 싶어, "하이 디어스(Hi Deers)!"라고 인사를 하면 못 들은 척을 했다. 한센병의 숙주여서 피부에 닿기라도 하면 큰일 나는, 징그럽게 생긴 아마딜로는 시도 때도 없이 나타나 엉금엉금 기어 다녔다. 얘도 참 고독하게 보여 딱할 지경이었다. 어쩌다 세상에 누구 하나 반겨 주는 이 없는 생물체로 태어났을까?

그 안의 시간은 정지되어 있었다. 회비만 3억이나 되는 멤버십 리조트의 모든 것은 아주 고급이었지만 돈 많은 사람들은 그렇게 자신들의 별장에 자주 나타나지도 않았다. 부자들은 그렇게 쿨했다. 나는 그 안에서 피트니스 클럽을 혼자 쓰고, 수영장을 혼자 쓰고, 멋진 주방과 멋진 집을 쓰고 있었지만, 늘 혼자 침묵을 하고 세월을 보냈다. 그렇다고 사계절의 변화가 뚜렷한 것도 아니었다. 늘 비슷비슷한 하늘 색깔과 구름과 들판과 공기였다.

처음에는 외부와 완벽하게 차단된 세상을 산다는 즐거움과 새로움이 있었는데, 점점 나는 고립이 버거워져 갔다. 그렇다고 우울증이 오거나 하지는 않았는데, 더 맹해졌고 멍해져 갔다. 가만히 앉아서 창 밖의 풍경을 보며 세월을 보냈다. 허브를 열심히 심었고, 와이너리를 위한 드넓은 포도밭에서 포도를 줄기차게 따먹었다. 저녁마다 활을 들고 화살을 쏘기도 했다. 그런데 화살 잘 쏜다고 올림픽을 나갈 것도 아니고 해서 이내 시들해졌다. 평화롭지만 좀 부끄러웠다. 무기력한 내 자신이. 어떻게 해야 할지를 모르겠던 시간이었다. 오죽하면 타이베이의 오뎅집에서 일하는 아주머니가 부러워 한참을 쳐다보다가 눈이 마주쳐서는 나도 모르게 "너무 맛있어요. 최고예요." 하면서 엄지 손가락을 척 올렸다. 나 빼고 다들 열심히, 멋있게 사는 것 같아서 '오지 밖의 사람들'이 진정 부러웠다. 오지에서 시간만 오지게 작살내는 내가 싫기도 했다.

226

런던의
길고양이

홀로 메리 크리스마스

　홀로 적막한 크리스마스를 보내고 있는데 딸아이가 친구와 부다페스트 여행을 하고 있다고 알려 왔다. 생전 먼저 문자를 보내오는 법이 없는 애가 "여긴 엄마가 딱 좋아하는 그런 분위기야."라고 보내왔다.

　부다페스트는 비엔나에서 버스로도 갈 수 있었던 기억이 난다. 도로 위 표지에 화살표를 하고 부다페스트라고 되어 있었다.

　오래전 아버지가 오십 대 중반이셨을 때 은퇴를 하시게 되었다. 은퇴를 이태리에서 하신 아버지는 곧장 헝가리 부다페스트로 떠나셨다. 거기에서 앞으로의 인생을 사실 거라고 하셨다. 큰오빠는 뉴욕에, 작은오빠는 군대에, 엄마는 서울에, 나는 타이베이에. 참 식구들이 제 각각, 이렇게 살기도 쉽지 않은 일이었다. 크리스마스에 카드 한 번 보내려면 전부 다른 주소를 써야했었다. 가족인지 펜팔 친구들인지, 참 별스러웠다.

엄마는 부다페스트가 싫다고, 차라리 뉴욕이라면 몰라도 하시면서, 그냥 혼자 서울에서 홀가분하게 사셨다. 원래 주변에 연예인 친구가 하나 가득이어서 하루하루 재미있지 않은 날이 없었고 아주 바쁘게 사셨다. 아침에 눈을 뜨자마자 골프를 치러 가셨다가 오후엔 탤런트 이모들을 따라가 드라마 세트장에 앉아만 있어도 하루가 신나게 지나갔다. 몇 달 후 아버지는 서울로 돌아오셨다. 부다페스트가 너무 시골이라, 재미가 없고, 한식 비슷한 걸 드시고 싶어도 일식집 딱 한 군데밖에 없었다고 미련없이 돌아오셨다.

딸아이는 호텔 앞 분수대 같은 곳에서 비키니를 입고 김이 모락모락 나는 물에 잠겨 있는 모습을 사진 찍어 보내왔다. 그러니까 거기는 분수대이기도 하고, 온천이기도 하고, 공중 목욕탕이기도 하고, 실외 수영장이기도 하고, 뭐 그런 것 같았다. 나는 외롭지만, 저라도 즐거워서 참 다행이란 생각이 들었다.

26년 만의 상봉

5년 전부터 온다고 기별하던 영 언니가 정말 왔다. 로스앤젤레스부터 자동차로 횡단을 하며 동부의 필라델피아 집으로 가는 길에 여행 삼아 여기저기 들린다는 것이다. 새벽에 도착할 예정이고 모텔로 바로 갈 거라고 해서 바로 그냥 집으로 오라고 하니, 길고양이 한 마리를 데리고 있어서 안 된다고 한다. 나도 고양이를 좋아하니 상관없다고 하니, 몸에 벼룩이 있어서 우리 모두에게 옮길 거라 안 된다고 하였다. 벼룩이 나와 내 가족의 몸과 내 집에서 튀어 다니는 건 상상하고 싶지도 않은 일이긴 해서, 깨끗한 호텔을 잡아 주겠다고 하니 이미 예약을 하고 오는 거라고 했다. 고양이나 강아지 등에 슥 한 번 문질러 주면 되는 벼룩 퇴치약이 있잖아? 하니, 그건 화학적이라서 고양이에게 안 좋아, 자연 요법으로 천천히, 적어도 2개월 내지는 6개월에 걸쳐 없애는 중이라고 했다. 헉! 그럼 로드 트립 중에 묵어 가는 모텔의 룸과 그 손님들은 어쩌라고? 벼룩은 빨리 없애야지 무슨 자연 요법? 하지만 더이상 토를 달지 않았다. 잔소리를 하기엔 우리 나이가 이젠 너무 많아졌다. 알아서들 하는 거지. 뭐가 어찌 되었던 그녀와 나는 26년 만에 만났다. 서로가 좀 늙긴 했지만 아주 낯익은 모습이 너무 반가웠다.

언니는 주님의 사랑에 대해 열변을 토했다. 예수님이 우리를 얼마나 사랑하시는지 아니? 늘 내게 응답을 해 주시고, 사랑을 주시는 주님 덕분에 나는 살아갈 수 있는 것이라고 했다. 돈벌이가 없어도 아직 건재하게 살아갈 수 있는 것, 고양이 12마리를 돌볼 수 있는 힘을 주시는 것.

아니, 만물의 창조주이신 하느님과 그의 아들 예수님이 사람을 많이 차별하는 건가?

착하고 올바르게 살아가는데도 불행을 겪는 많은 사람들은 예수님이 사랑하지 않아서?

그런 말, 그런 열변 띤 말, 시도 때도 없이 '주님의 사랑과 은혜'

런던의
길고양이

를 외치는 말이 누군가에게는 상처가 될 수도 있을 텐데…… 하는 생각에 빠져 있었더니, 언니는 "내 얘기를 잠자코 들어주어서 고맙다."라고 했다.

"아니야. 좋은 말이야. 누군가 나를 특별히 사랑한다고 생각하는 건 좋은 일이지. 그리고 나는 늘 잠자코 들어. 예전에도, 지금도. 내가 가장 잘하는 일이 잠자코 듣는 일밖에 없거든."

그다음 날 언니의 친구 부부와 함께 점심 식사를 했다. 10년전에 잠시 만나 차를 마셨던 적이 있었다. 여성지의 표지 모델로 자주 나왔던 전직 모델 출신 덕희 언니는 나이가 60이 되었는데도 여전히 예뻤다. 그리고 교회를 아주 열심히 다니고, 종교 특히 예수님을 잘 믿는 사람 특유의 그런 기질, 사람을 압도하는 분위기가 있었다. 권사님이라고 했고, 무슨 중요한 직책이라고 해서 "아~ 그래서 그렇구나……." 수긍을 했다. 식사하기 전에 서로 손에 손잡고 기도를 했다. 나는 교회 다니는 사람은 아니지만 그런 거 충분히 맞추어 줄 수 있었다. 식사 시간인지 간증 시간인지 분간이 어려웠지만 수년 만에 이런 일이 있을까 말까 해서 열심히 잘 들었다. 인생의 중심이 견고한 건 좋은 일이다. 예수님의 사랑이고, 부처님의 자비로움이고 간에. 다 좋은 거다.

나는 다시 먼 길을 떠나가는 언니에게 우리 한글로 된 책 한 권을 선물하고 싶어서 서점에 가자고 했지만, 고양이 물건을 대신 사 달라고 해서 함께 월마트로 가서 고양이 장난감과 언니가 여행하면서 마실 음료수들을 사 주었다. 그리고 다시 작별 인사를 했다. 세월이 또다시 저만치 흘러가는 게 느껴졌다. 26년 만에 만나서, 또 언제 보게 될지 모르는 인사를 하다니. 나에게 아름다운 추억을 남겨 주어서 고마운 사람이다.

영언니와 나는 타이베이의 어학원에서 만났다. 중국어를 배우는 학교였는데, 그 반엔 일본 학생들이 4명, 프랑스인, 미국인, 미얀마인, 그리고 한국인으로는 언니와 나 둘이었다. 언니는 처음보는 나에게 참 스스럼없이 대했다. 성격이 아주 좋았다. 우리는 매일 수업이 끝나면 함께 밥을 먹으러 간다든지, '학생 왕자'라고 하는 펍에 가서 지치지도 않고 수다를 떨었다. 나보다는 여섯 살이 많았고, 갓 결혼을 해서는 미국인 남편을 따라 대만에 온 것이다. 나는 사범 대학 사대로(師大路)에 살았고, 언니는 타이베이에서 꽤 떨어진 신띠엔(新店)이라는 곳에 살았다. 매일 만나 밤 늦게까지 수다를 떨며 놀고는 언니가 버스나 택시를 타면 손을 있는 대로 흔들면서 배웅하곤 했다. 언니가 있어서 덜 외롭고 행복한 타국 생활이었다.

런던의
길고양이

지금 생각해 보니 기적 같은 시간이었고, 기적 같은 인연이라는 생각이 든다.

그때 당시에는 그런 줄을 몰랐지만.

늘 안전하고 건강한 삶을 살기를 바란다. 벼룩 많은 길고양이를 데리고 미국을 횡단 여행하는 그녀만의 뭔가가 또 있겠지. 가엾은 아기 고양이도, 먼 길을 달리는 그녀도, 담담한 나도, 우리의 삶은 모두 소중하다.

희미한 옛 기억의 그림자

그가 황당하게도 미국 동부에 산다는 말을 듣게 되었다. 처음엔 이름을 듣고도 누군지를 몰라서 전하는 친구가 한참을 설명을 해 주어서야, "아! 그런 애가 있긴 있었지." 하고 간신히 기억을 떠올릴 수 있었다. 그게 언제적 이야기인가? 대학 1학년 겨울 방학 때, 스무 살 적의 이야기인데…….

크리스마스를 앞두고 친구가 자기 남자친구 만나는데 함께 나가자고 했다. 어차피 할 일이 없어 따라 나갔는데, 친구의 남자친구의 친구가 또 따라 나와 있었다.

졸지에 소개팅 같은 자리가 되었지만, 나와는 다른 세상을 사는 듯한 분위기가 호감이 가지는 않았다. 그다음 날인 크리스마스 이브에 강남역 뉴욕 제과에서 다시 만나자는 말에 얼른 대답을 하지 않았었다. "뭐 봐서……." 기억이 나면 만나고, 혹여나 기억이 안 나면 못 만나고…… 나이 스무 살에 무슨 치매 노인 같은 대답으로 얼버무렸다.

다음 날, 늦은 아침에 아버지가 크리스마스 선물을 사 주신다고 소공동의 롯데 백화점엘 가자고 하셨다. 늘 외국에 나가 계셨던 아버지라 크리스마스 선물을 함께 쇼핑해 사 주시는 건 처음 있는 일이어서 나는 얼른 아버지를 따라 나섰다. 그 시간 즈음에 강남역 뉴욕 제과에서 만나기로 한 남자와의 약속 같은 건 생각나지도 않았다. 어차피 자기 혼자 한 약속이었고 나는 대답을 하지 않았으니까.

롯데 백화점에 가서 사고 싶은 걸 고르라는 아버지 말씀에 나는 가지고 싶었던 하얀 부츠를 골랐고, 롯데 호텔 식당으로 건너가 점심을 함께 먹고, 다시 조선 호텔 커피숍에 들러 피아노 연주를 들으며 커피를 마시며 시간을 보내다 보니 집으로 돌아왔을 땐 다 저녁때였다. 친구에게서 전화가 왔다. 어제 만난 그가 아직도 뉴욕 제과에서 나를 기다리고 있다고 했다. 벌써 다섯 시간째……. 어? 난 나간다고는 안 했는데……. 한 30분 기다려서 안 나오면 마음에 없나 보다 하고 자리를 뜨는 거지, 참 희한하게 어리석은 사람일쎄~ 하는 마음이 들었다. 지금이라도 나왔으면 좋겠다고 친구에게 전해 달라고 했단다. "벌써 해가 졌는데? 안 나갈래."라고 말을 하고 전화를 끊었는데, 다시 친구에게서 전화가 왔다. 제과점 안에서 계속 앉아있기가 그래서 제과점 문 밖에서 기다리고 있겠다고……. 그런 전화가 몇 번 더 오고, "계속 계속 그렇게 기다리고 있다. 이 날씨에……."라는 말에 밤 9시가 다 되어서, 택시를 타고 강남역으로 달려갔다. 마침 눈도 내리고 있었다.

하얗게 얼어붙은 몸의 그가 거기에 있었다. 미안하다는 말도 나오지 않고, 거길 빠져나와 조금 걷는데 그가 그랬다. 기다리다가 얼어 죽는 줄 알았고, 입이 얼어붙어 말이 잘 안 나온다고…… 그러더니 겨우 한다는 말이 "참 얼굴 한 번 보기 힘드네요."였다. 내 얼굴이 그렇게 온몸이 얼어붙어 가며 오래 기다려서 봐야 할 미모는 결코 아니었는데 그는 꼭 귀신에 홀린 듯이 그랬다. 나는 스무 살 청년이 콩깍지에 씌인 것을 남 일 구경하듯 했다. 크리스마스 이브에는 밤을 지새우며 나이트 클럽에서 노는 게 그때의 젊은이들에겐 하나의 연례행사 같은 거였는데, 그는 하루 종

런던의
길고양이

일 굶었으니 일단 밥을 먹어야겠다며 식당엘 갔고, 그다음엔 조용한 카페엘 갔다. 그렇게 하루 종일 굶어 가며, 기다린 남자치고는 말이 없었다. 말을 해도 착한 말 몇 마디가 다여서, 나중에 알게 된 '강남역과 방배동의 이름난 깡패'라는 실체를 알았을 때는 영 믿기지도 않았다.

내가 "깡패 짓을 그만하는 게 어떻겠니?"라고 말을 할 수 없는 것이, 그는 내 앞에서는 늘 순한 양이었다. 사고를 치는 건 늘 내가 없는 자리여서, 설마~ 했던 것이다. '얘가 불안하고 간당간당하기는 한데, 그렇게 막 나가는 얘는 아냐 …….' 뭐 이렇게 생각했었다.

그는 방배동에 살았고, 아버지는 별이 빛나는 장군님(몇 개였는지 기억이 안 난다)에, 어머니가 병석에 계셨고, 생각만 해도 눈물이 난다는 여동생이 하나 있었다. 아버지가 너무 싫다고 분노에 차서 이야기를 하곤 했는데, 집에 버젓이 외도 상대녀를 데리고 오기도 하고, 어렸을 적부터 자기 엄마를 학대해서 엄마는 늘 병에 걸린 모습이었다는데, 아들로서 삐뚤어지지 않고 제대로 성장을 하기가 힘들었겠다는 생각에 그의 깡패 짓이 이해가 아주 안 되는 것도 아니었다. 그의 특기는 주로 '때려 부수기'였다. 식당에서 밥을 먹다 가도 주인이 기분 나쁘다고 테이블을 뒤엎고 때려 부수기를 해댔고, 지나가는 행인이 자기에게 시비를 걸었다는 생각이 들면 바로 용수철처럼 튀어 올라서는 주먹질을 해대는 거였다. 그러니까 상대방이 자기의 심사를 건드린다는 생각이 들면 생각이고 뭐고 할 거 없이 주먹질로 난리를 쳐대는 거였다. 덕분에 얼굴과 손은 늘 상처투성이였지만, 경찰서에서는 또 별 탈 없이 귀가 조치되곤 했다. 요즘 말로 하면 '분노 조절 장애'이며 아버지의 가정 내 폭력을 보고 배운 탓인 것 같았다.

'내가 얘를 사랑하고 아끼는 마음으로, 참신한 여자친구가 되어 수렁에 빠진 이 아이를 구해 어쩌고……' 뭐 이런 생각은 들지 않았다. 내가 내 학교생활도 제대로 못 해 F학점의 수렁에 빠져 있는데, 폭력과 자기 파멸의 수렁에 빠진 옆 총각을 구제할 흥미도 능력도 없었다. 전화를 한 다섯 번 해 오면 한 번을 만날까 말까. 뭐 이런 관계였다. 정이 살짝 들지 않은 것도 아니지만, 불안한 연애 같은 걸 하고 싶은 마음은 추호도 없었다. 어느 날은 강남역 부근의 공중전화 부스마다 데리고 다니며 전화기 망가진 걸 내게 보여 주었다. 그 전날 내가 자기 전화를 기분 나쁘게 받았다고 보이는 공중전화마저 박살을 내놓은 것이다. 그도 나도 철이 없었다. 그건 엄연한 범죄 행위였을 텐데, 그냥 어이없어하다 말았다. '어떡하냐? 난 앞으로도 네 전화를 공손히 받을 생각이 없는데……' 하는 생각만 들었다.

식사를 하는데, 다른 손님이었는지, 주인하고였는지는 모르겠는데 시비가 붙었다. 순식간에 식당 안이 아수라장이 되었고, 나는 "정말 창피해서 못 살겠다!" 하며 거길 뛰쳐나갔다. 내가 뛰쳐나옴과 동시에 그도 식당을 뒤엎다 말고 내 뒤를 쫓았고, 내가 강남대로를 건널 땐 마침 파란 불이어서 쉬지 않고 뛰어 건널 수 있었는데, 그가 건널 땐 이미 빨간 불이었고, 느닷없이 뛰어든 그 때문에 차들이 급정거를 하고 난리도 아니었다. 사고라도 난 줄알고 등골이 오싹해졌었다. 그러고도 내 앞으로 뛰어온 모습을 보고 있자니 정말 치가 떨렸다. 아무래도 계속 더 엮이다간 그날 엉망이 된 공중전화기들과 식당과 강남대로처럼 내 인생도 엉망진창이 될지도 모른다는 위기의식과 불안이 들었다. 조금 들었던 정이 깡그리 식었다. 남들은 전화를 받지 않거나, 집 앞에 찾아와도 나가질 않으면 금방 포기를 하던데, 그는 깡패적인 순정인지, 순정적인 깡패인지, 나에게 많은 미련을 떨었다.

며칠 있다 그의 여동생이라며 전화를 해 왔다. 엄마가 위독하신데, 자기 오빠가 어디에 있는지 모르겠다며, 언니가 좀 찾아 주었으면 좋겠다고 몇 번을 애원하듯 말했다. 딱 사춘기 소녀의 가냘픈 목소리였고, 낯선 사람에게 전화를 하느라 긴장도 되고 자신의 처지가 너무 슬퍼서 울음도 나오는, 그 애의 딱한 처지가 전화선을 통해 고스란히 전해져 왔다. 나는 그가 가출을 했는지도 몰랐다.

훨씬 며칠 전에, 그가 오밤중에 집 앞의 카페로 찾아와 만난 적이 있었는데, 그런 말을 했었다. 다음 날이면 자기네 가족이 가족 여행을 간다고 했는데, 자기는 너무 가기 싫다고 했다. 자기 아버지와는 잠시도 함께 싫다고 하면서……. 나는 그가 아주 불행한 가족사만 가지고 있는 줄 알았는데, 한겨울에 가족 여행을 가기도 하는 가족이라면, 뭐 아주 그렇게 나쁘지는 않다고 생각했었다. 그와 그의 외도와 폭력을 일삼는 아버지와의 가족 여행은 좀 엉뚱하기는 했다.

"우리 도망가서 살자." 하면서 그가 비장하게 테이블 위에 올려놓은 건 '콘도 멤버십 카드'였다.

"??", "우리 이거 가지고 도망가서 살자."

스무 살의 그는 자기 부모의 콘도 회원 카드를 가지고 와서 스무 살의 내게 멀리멀리 도망가자고 아주 심각하게 말을 하고 있었다. 피식~. 웃음이 터져 나오는데, 웃으면 안 될 것 같아, 그냥 멀뚱멀뚱, 한심하다 욕을 하고 싶은 마음을 숨기느라 내 표정이 갈피를 못 잡았다. 속으로는 '에휴, 네가 그렇지 뭐~.' 하는 마음이었고, 그날 밤 함께 도망은 안 가고, 어찌어찌 타일러 택시를 잡아타고 한강 건너 지네 집으로 돌아가는 모습이 마지막이었다. 아주 잠시 애와 내가 정말 멀리 도망이라고 가서 산다면? 마치 드라마의 한 장면 같은 걸 상상해 보기도 했는데, 나는 남자를 따라 야반도주를 한다는 건 애당초 꿈꾸어 본 적도 없었는데다 그의 습관적인 폭력과 난동은 언젠가는 나에게로 향할 것 이거라는 생각도 들었다.

그렇다고 "네 오빠가 콘도 카드를 들고 와서……."란 말을 할 수는 없었다. 어차피 도움도 못 되는데, 자기 오빠가 그런 모자란 짓이나 하고 다닌다는 걸 굳이 알려 줄 필요는 없었다. 그 며칠 후에, 이번엔 그의 어머니에게서 전화가 왔다. 여전히 소식이 없는지 그의 행방을 물었고, 얼마나 몸이 쇠약하신지 몇 마디 말씀도 겨우 하셨다. 나에게 부탁을 하셨는데, 정말 죄송스러웠다. 왜 그의 가족들이 나를 그의 여자친구라고 생각을 하는건지, 원망스럽기도 했다.

동생은 울며 전화를 하고, 어머니는 쇠약하신 목소리로 그의 행방을 물으시고, 내게 잘 부탁한다는 알지 못할 말씀도 하시고. 나는 그를 찾을 방법도 없었고, 그럴 마음도 없었다. 얼마 지나지 않아 친구를 통해 그의 어머님이 돌아가셨다는 소식을 들었다.

"동생이 하루 종일 울어."라고 전화를 해 왔다. 그의 목소리도 슬펐고, 나도 슬펐다.

그래도 만나진 않았다. 만나서 위로라도 해 줄 법했지만, 그가 행여 내 인생에 불행의 먼지 한 톨이라도 묻혀 줄까 겁이 났던 것 같다. 내가 언제부터 그렇게 내 인생을 애지중지했는지는 모르겠지만, 그의 언제 터질지 모를 시한폭탄이 끔찍하게 싫었다.

봄이 되었고, 나는 대학교 2학년이 되었다.

그러고 보니 그도 대학생이었다는 걸 까마득하게 잊어버리고 있었는데, 어느 날 전화로,

런던의
길고양이

"이젠 학교도 열심히 잘 다닐 거고, 너랑 도서관도 다니고, 공부도 같이 하고……." 밝게 이야기를 해서 그가 어머니를 잃은 슬픔을 잘 이겨 낸 것 같아 다행이라고 생각했다.

날이 아주 좋은 토요일 아침이었다.

그가 "이젠 좀 나와 보시지. 공주 마마도 아니고 얼굴 뵙기 이렇게 힘들어서……"라며 비꼬듯 말을 했고, 나는 이제는 더 이상 전화도 하지 말라고 하는 게 좋을 것 같다고 그렇게 말했다. 그의 어마어마한 폭언이 쏟아졌다.

"이 계산적이고 이기적인 나쁜 년, 네가 그러고도 잘살 줄 알아? 어디 얼마나 잘사는지 두고 보자."

한동안은 그의 그 폭언이 너무 분해서 견딜 수가 없었고 쉽사리 잊히지도 않았다.

나를 향한 사랑이었는지, 친구 같은 의지였는지는 모르겠지만, 지난 시간은 다 의미 없고 저주만 한 보따리 덩그렇게 남게 되었다.

딱 한 번 그의 소식을 들었는데, 새로 만난 여자친구와 아주 딱 붙어서 잘 지낸다고 했다. 청춘이 그렇지 뭐……. 그리고 36년이 지나서야 그의 소식을 듣게 된 것이다.

런던의
길고양이

비 오는 밤의 노래

  친구가 한국 시간으론 한밤중에, 여긴 정오가 조금 지난 시간에 비 오는 소리를 들으며 음악을 듣는다고 날 보고 어떤 노래를 좋아하는지를 물어 왔다. 그러면서 보내 주는 '낮부터 내린 비는 이 저녁 유리창에 이슬만 뿌려 놓고서.'를 저절로 따라 부르게 된다. 이 노래를 잘 부르던 다른 친구 하나가 생각났다.

  나는 요즘 '카더가든'이란 가수의 〈명동 콜링〉에 꽂혔어. 어느 날 우연히 한국 라디오를 듣다가 알게 된 곡인데, 세기말적인 분위기가 너무 좋아서 먼 길을 운전하는 내내 그 노래만 수십 번 들었지. 가장 좋은 부분은 '쇼윈도에 비친 내 모습은 인간이 아냐.'라는 엉뚱한 가사인데, 내가 지금 명동 거리를 걷고 있다면 딱 그 심정일 것 같아. 너와의 수많은 추억이 있는 곳이기도 하고. 내가 대만에 살 때, 한국 갈 적마다 너를 만나면 꼭 명동엘 가곤 했지. 인사동에서 명동까지 걸어간 적도 있었잖아. 가을이었을 거야. 그날도 우리는 명동 성당엘 갔는데, 마침 무슨 행사를 하던 중이었어. 가수 이은미가 거기 있었고, 곧 김수환 추기경님이 가까이 다가오셔서 나도 모르게 허리를 반쯤 꺾어 인사를 했어. 그냥 저절로 그렇게 해 버렸어. 그분을 그렇게 지척에서 뵙는 게 황송해서 가슴이 다 두근거렸어. 너와 함께한 명동은 늘 그렇게 행복하고 즐거운 추억이 가득한 거리였어. 우리 충무 김밥을 먹으러 갔던 것 같아. 그리고 네 친구가 하는 카페에도 갔었지.

지금의 명동이 아무리 많이 변했다 해도 우리의 발걸음이 지나갔던 보도 블럭은 그냥 그대로이겠지. 아니 그것도 세월을 따라 어디론가 사라져 버렸을까? 우리의 시간이 사라진 것처럼.

비 내리는 소리 들으면서 내게 음악도 들려주고 말도 시켜 주는 너, 너를 생각하면 늘 따뜻한 온기가 느껴져. 착한 친구가 전해 주는 착한 세상의 위안. 난 네가 세상에서 가장 행복했으면 좋겠다. 언제나 사랑하는 나의 친구, 고마워. 희경.

런던의
길고양이

✿옛 친구

잊지 못하고 가끔 생각나곤 하던 미라가 연락을 해 왔다. 그 애 남편의 페이스북 메시지를 통해서였다. 연락이 된 건 14년 만이고, 얼굴을 본 건 25년 만이다. 내가 아들을 막 낳아 그 아이가 오개월 정도 되었을 때 한국을 나갔을 때 보고 못 본 것 같다. 미라는 이제 보니 배우처럼 예쁘다. 카톡으로 보내 준 사진 보니 50 넘은 여자가 저렇게 청순하고 꽃 미모일 수 있다는 게 신기하리만치 아름답다.

나는 동부 이촌동에 있는 국민학교와 중학교를 졸업했다. 고등학생이 되어서야 비로소 세상 밖으로 나가게 되었다고나 할까? 고등학교는 장충동에 있었고, 대부분의 아이들은 신라 호텔 쪽에서 버스를 타고 장충동이나 신당동 방향으로 가고, 나같이 한남동 방향으로 가는 아이는 아주 드물었다. 버스 정류장에 서 있었는데, 무척이나 마르고, 추위에 오돌오돌 떠는 아이가 하나 있었다. 사실 나도 버스를 타고 동네 밖으로 나가 보기는 처음이라, 뭘 잘 모르기는 매한가지였는데, 부산에서 유학을 온 이 아이를, 어쩌다 보니 늘 먼저 잠실 쪽 방향으로 가는 버스를 태워 보내게 되었다. 거기에서 우리 동네를 가는 211번 중부 운수 버스도 자주 오는 것도 아니었지만, 내가 먼저 타고 가 버리기엔 서울에서 나고 자란 내가 그렇게 하면 안 될 것 같았다.

가끔 장충동 길을 걸어 내려가게 되면 미라는 나와 팔짱을 끼고 천연덕스럽게 〈립스틱 짙게 바르고〉를 너무너무 청승맞게 잘 불렀다. 여리여리 예쁘장하게 생긴 거와는 너무 딴판으로. 특이한 목소리의 노래를 들으면 정말 사연 많은 여자가 되는 느낌이 들었다. 나와는 다른 학교의 무용과로 대학을 간 미라는 종종 전화를 걸어오고, 집에도 오곤 했었다.

결혼을 해서 나는 대만에 살게 되었다. 어느 날 꿈처럼 미라에게서 연락이 왔다. 여기저기 친구들에게 물어 전화번호를 알게 되었다고. 나를 찾기 위해 동부 이촌동 동사무소까지 갔다고 한다. 그해 겨울 우리 가족은 서울에 도착하자 미나가 보내 준 기차표로 대전을 찾았다. 자상한 남편, 예쁜 딸내미, 친정 부모님, 참 단란하고 행복한 가정이었다. 대전역에서 고모가 사시는 대구로 가는 기차를 타면서 헤어진 게 마지막 본 모습이었다. 나에게 한약도 보내 주고, 아이들 옷도, 아들아이가 태어나자 황금 돼지도 한 마리 보내 준 아이였다. 너무 좋은 친구였지만 나는 미라에게서 받기만 했다. 오죽했으면 그 애가 그리울 때는 '내가 너무 진상이었다.'라고 반성의 글을 블로그에 다 올렸겠는가?

그리고 다시 세월이 이만큼 흐르고 오십 대 중반이 되어서 또 연락이 닿았다. 세월은 이렇게 흘러서 이제 돋보기 쓰고, 임플란트 치아는 몇 개나 되고, 흰머리는 성성한 예전의 우리 엄마들 나이가 되었다. 숱한 시간이 지나도 변함없이 나를 찾아 준 친구. 덕분에 행복한 밤이 되었어. 우리 또 언젠가는 다시 만나게 되겠지.

온라인 요가 클래스

　새로운 도전을 시작하기는 했다. 그동안 몇십 년을 벼르고 오면서, 이런저런 사정, 주로 시간상 차일피일 미루어 오다 도저히 실현 불가능한 일이 될 것 같았던 '요가 강사 자격 수업'에 등록을 했다.

　요가를 처음 시작한 건 20여 년 전, 대만에서였다. 아이들을 학교와 유치원에 보내고, 동네의 오래된 요가 수련원을 찾아 수업을 받기 시작했다. 어느 날 그 원장님이 내게 요가 선생을 해 보라고 권유를 했었다. 나는 그때 내 가게도 하고 있었고 또 일이 있으면 번역이나 통역일을 하기도 했으므로 요가 전문가까지 하기에는 좀 무리여서 취미로만 하겠다고 했다. 그리고 바쁠 때는 못 하고, 안 바쁘고 시간이 많을 때만 찾는 '만만한 요가'를 해 왔다. 그리고 미련은 늘 남아 있었다.

어느 해처럼 태평한 해였고, 어디로 여행 겸 도망을 갈까 궁리를 하던 중이었다면 아마도 네팔이나 발리섬에서 요가 수련원에 들어갔을 것이다. 그것도 일생에 한 번은 경험해 봐야 하지 않을까? 하는 호기심 때문이었는데, 네팔은커녕 옆 동네 캐나다도 못 가는 요즘에 온라인으로 하는 요가 강사 수업이 있어서 '그래. 돈 굳었다.' 하는 심정으로 등록을 했다. 수업 시작이라고 "Enjoy Journey"라는 멘토의 메시지가 와서야 나는 다시 깨달았다. 악! 영어다! 영어로 또 뇌 노동을 해야 한다는 사실을 그제서야 깨달았다. 수업 비디오를 들을 대충 훑어보니 해부학부터 시작해서 웬 이론 수업이 이렇게나 많은지. 난 이 나이에 이렇게 공부를 빡세게 하게 될 줄은 정말 몰랐는데, 하지만 또 공부 아니면 할 게 없다. 어르신들 돌보아 드리는 거나 홈리스 쉘터 봉사 활동도 할 만큼은 한 것 같고, 이제는 공부밖에 할 게 안 남았다. 아니 더 중요한 돈벌이가 남았지만, 지금 이 시기에 내가 돈을 벌고 싶다고 벌어지겠는가? 그냥 지금은 졸지에 공부하기 딱 좋은 때인 것이다. 이 재난의 시대가.

세인트 루시아에서 온 초대

느닷없이 St. Lucia에 사는 마셀러스로부터 메시지가 왔다. 우리 가족을 모두 세인트 루시아로 초대한다는. 아! 그랬었지. 내가 아는 사람 하나가 지중해 연안의 한 섬, 세인트 루시아에 살고 있고, 그는 오래전 우리 가족을 언젠가 꼭 초대할 거라고 했었지. 잊어버리고 있었다. 내가 갈 수 있는 곳이 한 나라가 더 있다니……. 자기는 지금 바닷가 근처에 살고 있다고 꼭 한 번 다녀가라고 한다. 그냥 한 번 다녀가기엔 좀 머나멀다. 뉴욕에나 가야 그 나라로 가는 비행기가 있는 걸로 알고 있다. 꼭 지금 오라는 말은 아니지만, 이 시점에 초대하는 건 좀 아니지 않아?

마셀러스는 아들아이가 다녔던 영어 유치원의 선생님이었다.

말하자면 원어민 선생님이었는데, 키가 2미터가 넘어 농구 선수 출신인 데다, 멀끔하게 잘생긴 흑인 선생이었다. 그는 아들아이와 유달리 잘 지냈고, 국제 유치원의 특성상 모임이나 파티, 행사가 많다 보니 영어를 조금이라도 하는 우리 가족과 자연스레 가까워졌다. 유치원에 문제가 생겨 제공 받던 숙소에서 나와야 했을 때 마침 비어 있던 집이 있어서 선뜻 내어 주었다. 또 한 번은 그가 엄청 심한 독감에 걸렸을 때, 우리 집에 와서 일주일 지내게 한 적도 있었다. 이방인의 심경은 이방인이 안다고, 돌봐 줄 가족 하나없이, 누군가 병원에 데려갈 사람 하나없이 앓고 있는데, 마침 우리 집은 방과 욕실이 보통 집보다는 많고, 또 넓기도 무진장 넓어서 그렇게 할 수 있었다. 그때의 나는 시간적, 물질적 여유가 넘쳐 나서 그렇게 해도 상관이 없었다. 이런저런 여유는 너그러움마저 넘쳐 나게 되어 누구나에게 대범하고 큰손 마님 행세를 하곤 했다.

하지만 그와 관련된 안 좋은 기억도 있다. 사람들이 그를 이용해 먹은 것이다.

대만인 유치원 교사 중의 한 명인 유난히 발라당 까진 젊은 여 선생이 있었는데, 어느 날 이 여 선생과 아들과 같은 반의 아이

아빠가 함께 차를 타고 시골길을 달리다 차 사고가 나서 남자가 그 자리에서 죽는 일이 발생했다. 젊은 여자애는 상처만 조금 입었을 뿐 멀쩡했고. 헌데 이 여자애가 둘이 왜 함께 차를 타고 가다 사고가 났는지를 설명하는데, 엉뚱하게 이 마셀러스를 끌어들인 것이다. 마셀러스가 스피커를 사다 달라고 부탁해서 둘이 그 부탁을 들어 줄려고 가다가 사고가 난 것이라고. 죽은 남자의 어머니는 유치원에서 일하고 있던 마셀러스를 붙잡고 울고불고 난리를 쳤는데, 중국어를 단 한 마디도 못 알아듣던 그는 자신의 아들을 잃은 슬픔을 자신에게 하소연한다고 생각했다고 한다. 도가 좀 지나치지만 그래도 너무 슬퍼서 그렇거니 받아 주는 마음이었단다. 물론 마셀러스는 그런 부탁을 한 적이 없고, 그 둘은 불륜 사이였던 것이다. 죽은 남자의 아내는 키가 늘씬한 모델 출신의 미녀였는데, 그 남편이 죽은 후 유치원에서 마주치면 나를 두 눈이 튀어나올 것처럼 노려보고는 했다. 내가 마셀러스를 그 유치원에서 일하라고 시킨 것도 아닌데.

나는 유치원 안의 좀 높은 직급의 사람들에게 그 잘못된 이야기를 했고, 한 사람을 그렇게 누명 씌우면 되겠냐, 진실을 밝혀 주는 게 어떻겠냐고 진지하게 의논을 했는데, 그들의 표정은 단호하고 아주 비겁했다. 마셀러스 때문에 사람이 죽은 게 맞다고 했다.

'아, 이들은 말 안 통하는 흑인 한 사람을 더러운 스캔들에 희생시키고 싶어하는구나. 이들도 진실을 알지만, 그렇게 덮어 싶어하는구나.'라고 느꼈다.

사람이 죽은 마당에, 아이 유치원 선생과 불륜으로 죽은 것이냐, 외국인 도와주려다 사고로 죽은 것이냐……. 그들은 진실이고 뭐고에 앞서 저울질부터 한 것이다. 한숨이 나왔다. 안타깝고 갑갑했다. 그렇게 알고 있어라. 우리는 할 수 있는 게 없다. 기운 빠지는 일이었다. 너무 나쁜 사람들이었다.

미국에 온지 8년쯤 되어서 대만에 돌아갔을 때, 그때 사고로 죽은 남자의 아내를 우연히 아침 식당에서 보게 되었다. 서로 등을 대고 앉게 되었는데, 그녀도 나도 서로 힐끔질을 했다. 예전의 아름다웠던 모습은 온데간데없이 나이만큼 살찌고 고생을 한 흔적이 역력해 보였지만, 편안하게 웃으며 일행과 식사를 하고 있었다. 불의의 사고로 남편을 잃고, 가장이 된 그녀의 삶도, 미국에서 집 한 채를 고스란히 날려 먹고 돌아온 나도, 뭐 서로 인사를 나눌 사이는 아니고, 그냥 곁눈질만 하고 말았다.

그런 우여곡절을 지내던 중, 미국 여자 제미에가 마셀러스를 찾아왔다. 굉장히 수더분하고 교양 있어 보였는데, 한눈에도 마셀러스를 좋아하는 게 느껴졌다. 오죽하면 지구를 반 바퀴 돌아, 한 나라의 수도에 사는 것도 아닌 무려 세 시간이나 떨어진 지방 소도시의 그를 찾아왔겠는가? 떠날 때는 그 둘이 함께 떠났고, 곧 미국에서 둘이 결혼을 했다는 소식을 전해 왔다.

서로 무소식이 희소식인 채로 20년이 지났다. 20년 만에 그가 우리를 그의 나라로 초대했다. 그래서 또 상상의 세계를 펼쳤다.

그 동네에는 아시안이 없겠네? 차이니즈 투고집하면 돈 많이 벌 수 있을까? 오렌지 치킨, 스윗 사우워 치킨, 볶음밥, 에그롤을 만들어 팔면 돈도 잘 벌고, 내 노년이 해피할 수 있을까? 상상한다고 누가 말리겠는가?

런던의
길고양이

⢁발리 발리

오래전의 발리에 대한 기억이 떠 올라 그 시간들이 그립기까지 하다. 온라인으로 받는 요가 수업 중 60 Minutes in Paradise 란 챕터가 있는데, 배경이 발리의 한 빌라 같은 풍경이었다. 우리 가족이 묵었던 것 같은 빌라는 당연히 아니겠지만 그 풍경과 내음이 너무도 익숙하게 훅 밀려 들어오는 느낌이 들었다. 15년 전에 우리 가족은 여름 여행으로 발리에 갔었다. 발리의 첫 인상은, 다소 당황스러웠다. 시골의 시외버스 정류장 같은 분위기가 물씬 나는 공항을 나오니 생면부지의 발리 여인이 우리 가족 모두에게 목에 꽃 화환을 걸어 주었는데, 인상을 있는 대로 찌푸리고 정말 귀찮아 죽겠다는 얼굴로 마지못해 합장까지하고 사라져서 나는 '아니, 이런 거 안 해 주어도 되는데?'라는 생각을 다 했었다. 숨 막히는 더위에 그런 일을 하려니 환영은커녕 우리가 원

수 같기도 하였을 거라고 충분은 이해는 했는데, 졸지에 불청객이 된 기분이었다. 거기에다 여권에 도장을 찍던 이민관이 달러를 달라고 애들 아빠에게 노골적으로 요구했고, 애 아빠는 또 노골적으로 경멸스럽다는 듯이 "달러? 그게 뭔데? 싫은데?" 하면서 옥신각신하는 바람에 첫인상은 엉망진창이었다.

확실히 그때까지의 발리는 그렇게 아름답지는 않았었다. 내가 굳이 발리를 여름 휴가지로 택한 이유는 신문의 어느 날 기사로 '지상 최후의 낙원'이라는 발리를 소개한 글을 읽어서였다. 얼마나 낙원스럽길래 지상 최후라는 표현까지 쓰는지 정말 궁금했다. 막 황홀하지도 않고, 그렇다고 막 후지지도 않은, 여행객으로써 원숭이들과 놀아 주랴, 토산품점에 들어가 기억에도 남지 않은 물건들에 대한 장황한 설명도 듣고, 숲속으로, 계곡으로, 바다로 내리 동분서주하며 몹시 바쁜 일주일을 보냈었다.

시간이 꽤 흘러 나는 종종 사람들에게 "발리에 가 보세요."라는 말을 하게 되었다. 풍광이 아름다운 낙원이 아니라 편안한 정신적인 힐링의 시간을 갖게 해 주는 낙원이었다. 여자들이 참 고생스러워 보이는 땅이었고, 우리가 묵었던 호텔이나 빌라 밖만 나서면 전혀 다른 세상이 펼쳐져 극과 극을 감정적으로 오가야 했다. 다시 한번 발리에 가게 된다면 나는 요가 수업을 열심히 받을 것이다. 바깥의 관광지를 가기 위해 분주히 나다니기보다는 빌라 안의 풀 안에서 가만히 멍 때리는 시간을 즐길 것이다. 해질녘이면 택시를 타고 시내를 나가 식당에 가서 전세계에서 가장 맛있는 음식으로 손꼽히는 인도네시아의 음식들을 하나하나 먹어 볼 것이고, 마타하리라는 멋진 이름을 가진 백화점에 가서 쥬스도 사 먹고, 쇼핑도 물론 할 것이다. 요리 수업을 받을 수 있으면 또 받아도 좋고. 그때처럼 엽서를 사 달라고 하는 꼬마 아이들에게 달러 몇 푼 쥐어 주면서 "학교는 안 가니? 이 돈으로 연필 사고, 책도 사고 해라." 하는 희한한 꼰대 짓은 하지도 않을 것이다.

지금 생각해 보니 얼마나 부끄러운 짓인가? 누가 보면 학교 등록금이라도 대주는 줄 알았겠다. 엽서를 사 달라고 하면 그냥 사 주고 돈은 조금 더 주면 되지, 하여튼 시도 때도 없이 잘난 척은. 정말 이것도 병이지 싶다.

그렇게 무덥고, 찌고, 숨막히는 열대 기후의 발리였는데, 그래도 다시 가고 싶은 생각이 든다. 이번에는 정말 잘 지내다 올 자신이 있다. 미국에서 가기에는 너무 멀긴 하지만, 요가 수업 핑계 대고 다시 가 볼 계략을 꿈꾸어 본다.

독립 기념일

미국의 독립 기념일이다. 원래 이날은 집집마다 바베큐 파티를 하는 날이다. 그러다 해지면 불꽃놀이로 검은 밤하늘을 수놓는 잔치의 날이다. 어느 한 해, 우리 가족 모두 동네에 있던 닥터 페퍼(DR. Pepper) 스타디움에 가서 수많은 사람들과 불꽃놀이 공연을 관람했으며, 또 다른 어느 해에는 우리가 뉴욕에서 여름 휴가를 즐기던 중이라 시간 맞추어 브루클린 브릿지에 올라가서 불꽃 구경보다 사람 구경을 질리도록 했었다. 그리고 맨해튼의 숙소로 돌아오다 아무 생각 없이 지하철 환풍구를 걸어 올라가던 딸아이의 원피스가 화들짝 뒤집히는 바람에 그 애는 놀라고, 나는 깔깔 웃고, 사춘기 아들아이는 "지가 무슨 마릴린 먼로라고! 어쩌고 저쩌고……."라며 구시렁거렸다. 중학생 소년 아들 녀석이 원피스 자락 뒤집힌 마릴린 먼로를 안다는 것도 웃겼고,

런던의
길고양이

너무 놀래서 말을 못 잇는 딸아이의 얼떨떨한 모습도 웃겼었다.

그 후, 11년이 지난 오늘은 그냥 집의 창가에서 불꽃 딱 두 점을 바라보다 말았다. 소리만 요란하고 불꽃은 안 터지는 게 불량품인가 보다. 남들 하는 건 나도 다 하고 싶은데, 자식들이 집을 떠난 후부터는 남들 하는 거는 웬만하면 다 생략해 가며, 또 그걸 살짝 섭섭해하며 그렇게 살고 있다.

저녁 설거지를 마친 후 뒷마당으로 난 창을 바라보니, 무덤가에 마치 소풍이라도 온 듯 몇 가족이 도란도란 앉아 있는 것이 보였다. 우리 집의 뒷마당과 묘지 공원은 한 열 걸음 차이이다.

남편에게 물었다. "당신은 어느 쪽이 좋아요? 오른쪽? 왼쪽? 한가운데?"

처음엔 무슨 말인지 못 알아듣던 그는 창가 너머 풍경을 바라보더니, "중앙 한가운데 탑이 제일 좋아 보여. 저기로 하지.", "우리의 사후는 참 쉽고 간단하기도 하지."라는 말을 진심으로 기쁜 듯이 내뱉었는데, 생각해 보니 좀 이상한 농담을 했다는 생각에 다시 "사실 내가 먼저 갈지도 모르겠는데, 나는 저기에 묻히기 싫어. 나는 그냥 뿌려 줘요."

 "당신은 호수에 뿌려 줄게.", "호수? 나 그렇게 멈추어 있는 물
은 싫은데? 이왕이면 바다로 해 줘요. 여기저기로 흘러 다니게."
남편은 우리 집의 가장 큰 창문에서 보이는 바로 앞 공원의 그야
말로 양지바른 꼭대기에 묻혀 나의 남은 일상을 지켜 줄 것이고,
내가 먼저 세상을 떠나게 된다면 나는 달라스에서 가장 가까운
바다 멕시코만에 뿌려질 것이다. 잔칫날인데, 이상한 농담을 괜
히 했다.

런던의
길고양이

콩고에서 온 편지

10년 전의 일기를 블로그에서 발견하였다.

요즘 제 기분이 울퉁불퉁 매끄럽지도 못하고 정서적인 밸런스를 잘 못 맞추고 있습니다. 화씨 100도가 넘는 뜨거운 날씨 탓? 글쎄요....... 사람의 기분이나 마음이 날씨 탓이라니, 그건 그닥 설득력이 없는 말 같습니다. 날은 뜨거워도 저는 사실 차를 운전하는 30여 분 정도의 시간 외에는 에어컨이 쌩쌩 잘 돌아가는 실내에서 생활을 하고 있으니까요. 참 많고 복잡한 일과 그에 따른 감정적인 변화를 가족이나 주변 사람들로부터 받게 되고 그러는 저 자신이 시시해서 또 착잡해 하는 요즈막입니다. 이렇게 어지럽고 살짝 기분이 나쁘기도 한 어느 날, 저에게 뜻밖의 아주 따뜻하고 말랑말랑한 위로 하나가 배달되었습니다.

늘 잊고 지내는 아프리카의 제 딸아이. '이 아이를 위해서 기도해야지.' 하고는 한 달에 한 번씩 후원금이 자동 이체가 되는 탓에 신용 카드 명세서를 볼 때뿐, 나와 이 아이와 보이지 않는 인연으로 이어져 가족으로 살고 있다는 것을 늘 잊고 삽니다.

바로 이 아이가 편지를 보내온 것입니다.

내 마음이 우울했다는 것을 어찌 알고 보낸 이 편지를 받아보는 순간, 마치 가도가도 끝이 보이지 않는 사막을 헤매던 와중에 만나게 된 오아시스, 그런 기분이랄까요?

글을 아직 못 쓰는 아이인지 언니를 통해 안부를 전해 왔고, 계절마다 소식을 썼습니다.

그곳, 콩고가 불어권인지 밈봉고의 언니는 불어로 편지를 썼고 또 누군가가 다시 영어로 친절하게 번역을 해서 보내 준 편지. 그리고 예쁜 가방 그림을 그려 주었습니다.

작년엔 사과 한 톨을 예쁘게 그려서 보내 주었어요.

와~! 저쪽 세상, 어디에선가 나라는 사람을 기억하기도 한다는 사실이 참 감동적입니다.

뭐 한 달에 한 번씩 보내는 후원금이 아니라면 이런 일도 없겠지마는.

이 정도의 후원은 제가 당연히 할 수 있고, 또 경제적인 형편이 나아진다면 저는 더 많은 아이들을 후원할 계획도 있습니다. 그건 우리의 의무라고, 사랑이 전제된 의무라고 생각합니다. 너무나 자신만 알고, 너무 인색하고 너무 편리하게만 살려고 드는 우리들의 모습, 우리보다 훨씬 못한 사람들을 보면서 우리가 혹 그들의 몫을 너무 많이 차지하고 있어서 그들이 대신 가난하고 불우한 생을 살아가는 것은 아닌지 좀 생각 좀 하면서 살아가야 할 것 같고요.

사람의 욕망은 끝이 없다는 것을 살아가면서 더욱 더 느끼게 되고 털어 내고 비워 내고 또 다른 사람들과 나눌 수 있을 때, 진정으로 우리는 행복해지는 거 아닐까요?

뭐 이 생각, 저 생각, 이 사람, 저 사람, 별의별 사람들에 대한 소감으로, 여하튼 마음이 복잡한 요즘입니다.

요즘 하늘의 구름들이 이렇게 몽실몽실 예쁩니다.

저 구름들을 보면서 아프리카, 콩고 땅의 구름도 이만큼, 아니 그 이상으로 예쁠 거란 상상을 했습니다. 제가 밈봉고의 이야기를 하였더니, 어떤 사람이 이렇게 말을 합니다.

"아니 그러다가 걔가 이 미국으로 당신을 찾아오면 어떡하려고요?"

어이 상실해하다가, "찾아오면 집에서 재우고 먹이고 공부시킬 거랍니다. 그렇게라도 이 아이가 공부를 해서 지 나라와 이웃들에게 보탬이 되는 사람이 된다면 나로서도 더 없는 영광이지요."

밈봉고, 가난하다고 기죽지 말고 늘 희망을 가지고 밝고 건강하게 살아다오.

저도 이 아이를 대학 공부까지 시키려면 더 열심히 살아야 할 것 같습니다.

솔직히 몸이 고단하다는 이유로 좀 일을 손에서 놓고 싶어 궁리하던 차였는데, 그러면 안 될 것 같습니다.

런던의
길고양이

지도를 보는 취미

딸아이는 예정대로 9월 12일에 런던으로 출국을 한다고 하고, 장학금을 제한 나머지 학비도 다 냈고, 아파트도 다 구했다고 한다. 원래는 기숙사에 들어갈 예정이었으나, 만약의 사태에 대비해 그냥 아파트를 구했다. 코로나 때문에 혹시나 대학원 일정이 모두 온라인 클래스로 바뀌고 기숙사에서 나가야 하는 사태가 생길 수도 있기 때문이다. 미리 이불을 좀 보낼까 했더니, 집주인이 대신 구매해 준다고 하였단다. 제발 부탁인데, 소독을 잘해 달라고 부탁하라고 했다. 나는 지금 내 딸을 전쟁터에 내보내는 것 같다.

지도를 보면 딸아이가 얻은 새 아파트에서 학교 킹스턴 대학까지는 약 3킬로미터로, 85번 버스를 타고 15분이 걸린다. 템스 강변의 쇼핑몰까지도 15분, 아파트 근처엔 일본 슈퍼가 있네. 그래도 먹는 걸 조심해야지. 다 버스 타고 갈 거리이긴 하지만 다른 아시안 마켓도 있고, 새인스버리나 테스코도 있다. 학교 근처엔 쇼핑몰 프리마크도 있고, 티케이 맥스도 있고, 템스 강변 주변 상가가 아기자기해 보이는 것이 재미있겠네……. 공부하러 가는 아이인데, 쇼핑할 데가 많아서 좋겠다라는 마음이 드는 건, 공부를 하긴 해도 여가 생활도 즐기면서 여유 있게 살기를 바라는 마음에서이다. 아이가 이 킹스턴 대학을 택한 건 이 도시가 주는 아늑하고 아름다운 풍경 때문이었다고 한다. 아름다운 풍광에 반해 학교를 선택하다니. 그래, 하고 싶은 대로 다 해. 굳이 하고 싶은 대로 못 하거나, 안 하고 살 이유는 없지. 어쨌든 단 한 번의 인생인데.

예전에 내 취미 중의 하나는 지도를 보는 것이었다. 두터운 지도책을 펼쳐 놓고 손가락으로 구불구불 10번 도로를 갔다가, 45번 도로를 만나 320번 도로를 타고 샛길로 빠지기도 하다가, 뉴멕시코를 가고, 애리조나를 가고, 플로리다를 가고……. 종이 위의 길과 지도는 상상력을 키우기엔 최고였다. 아이들이 아직 어렸을 적, 미국으로 놀러 왔을 땐 아직 네비게이션이나 스마트폰의 지도 앱으로 지도 편달을 받던 시절이 아니라서, 그 지도책을 끼고 다니며 자동차 여행을 했었다. 그걸 따라 테네시의 맴피스에도 갔었고, 뉴올리언스에도 갔었다. 그런 시절이 있었는데 지금 그 많던 지도책들을 어떻게 되었을까? 그래도 여전히 구글 지도를 보고 있으면 지난 추억이 떠오르기도 하고, 앞으로 무슨 일이 벌어질까에 대한 상상으로 설레기도 한다.

✿떠나는 날

　공항이라고 문자를 보내왔다. 오늘 런던으로 떠나는 날이라고……. 난 내일인 줄 알고 있었다. 공항엔 사람들이 무진장 많고, 특히 런던행 비행기는 학생들로 인해 만석인 것 같다고 했다. 바이러스와의 전쟁을 하며 두문불출하고 병들까 전전긍긍하는 동안에도 세상은 멈춤 없이 흘러가고 있다. 공부하러 가야지. 공부해야지. 더군다나 일생일대의 이벤트일지도 모를 유학을 자꾸만 미룰 수는 없지. 근데 딸아, 넌 자꾸 어디를 가는 거니? 내가 그런 쪽으로 네 삶을 유도한 것은 아닌지 괜히 미안해지는 밤이다. 너는 또 너의 정든 모든 것과 이별하고 새로운 시작을 위해 낯선 곳으로 찾아 들고, 네가 지금 느낄 불안과 기대가 어떤 것인지 나는 너무 잘 알 것 같아. 두렵지만 너무 두려워 말기를. 엄마가 여기 있으니까. 아빠도, 네 동생도, 우리 모두 너를 지지

런던의
길고양이

하고 응원한다. 하늘을 나는 동안은 그냥 머리를 비우고 푹 쉬렴. 앞으로 일 년 동안은 네 인생에서 가장 힘들지도 모를 시간이 될지도 몰라. 각오는 눈앞에 떨어졌을 때하고 지금은 그냥 무상무념으로 비행을 하렴. 그래도 마스크는 꼭 끼고 말이다.

로마나 언니 집에서 은영과 셋이 모처럼 모여 점심 식사를 했다. 로마나 언니는 무려 7년 만이고, 은영은 꼭 1년 만에 보는 것이다. 이제는 60이 넘었을 로마나 언니, 생각보다 또 그렇게 늙지는 않았다. 은영과 로마나 언니는 친자매로 얼굴은 비슷한데 성격은 전혀 다르다. 둘다 정이 많다. 나도 정이 많았던 시절이 있었는데 나이 들어가면서 그 정을 아껴 쓰게 된다. 마음의 문은 더디 열리고, 또 자주 열리지도 않는다. 그리고 아주 인색해졌다. 정성스럽게 준비해 준 쟁반 국수를 잘 먹고, 빛깔 고운 꽃차를 끓여 주어 마시는데, 색이 너무 예쁘고, 향도 맛도 너무 좋아 '카모마일'류냐고 물었다. 언니가 내민 꽃차가 담겨있는 병엔 '뚱딴지 꽃차'라고 되어 있어 한바탕 웃었다. 꽃 이름이 뚱딴지라니. 정말 뚱딴지스럽다. 엉뚱한 꽃 이름과는 딴판으로 색깔과 향이 고상한 느낌이 가득해서 억울하지 않을까 하는 생각이 다 들었다. 돼지감자 꽃이라고도 하는데 여기저기 엉뚱한 데에서 막 피어난다고 뚱딴지 꽃이라고 한다. 꽃 자체는 정말 흔하게 보던

꽃인데, 원산지가 북미라고 한다. 별걸 다 알게 되었다.

은영은 예전 내가 하던 카페테리아에서 파트타임으로 일을 했었다. 그것도 어언 13년 전의 일이다. 그녀에게는 고만고만한 딸들이 넷 있었는데, 어느 날 그중의 한 아이가 커서 간호사가 될 거라고 했단다. 간호사가 못 되면 선생님이 될 거라고, 선생님이 못 되면 수녀님이 될 거라고 했다고 해서 우리 모두는 분주하게 일하다 말고 웃음을 터뜨렸었다. 수녀님이 가장 되기 어려운 직업인데, 대체 어린 아이들의 눈에는 어떻게 보였던 건지. 이것저것 다 안 되면 수녀님이라니. 또 한 아이는 화장실에 들어 앉아서는 엄마가 부르면 이렇게 대답을 한다고 했다. "I am 똥ing." 우리 어른들이 세월을 따라 늙어 버린 것처럼 아이들도 다 커 버려 이젠 막내가 대학생이라고 한다.

✿나의 그림 선생님, 루디

루디가 자신의 두 번의 결혼 생활에 대한 좌절과 두려움, 극복에 대한 글을 페이스북에 올렸다. 나는 남의 일기장을 훔쳐 읽듯 숨을 다 죽여가며 읽었다.

조심조심하게 말하고, 온화하게 웃음을 짓던 그녀의 모습이 떠올랐다. 읽고 나선, 'I am cheer up for you.'이라던지, 'I am so proud of you.'라고 댓글을 단다면 그녀가 혹 기뻐할까? 주제넘은 오지랖인 것 같아 다시 살금살금 페이스북 페이지를 나왔다. 내가 루디를 알게 된 건 드로잉 클래스를 시작하면서였는데, 원래 그녀는 커뮤니티 칼리지의 평생 교육원의 드로잉 클래스를 지도하는 교수님이었다. 내가 그 시간에 도저히 시간이 안 돼 이메일을 보냈다.

선생님, 혹시 주말 클래스는 없으신지요? 하고.

바로 답장이 왔는데, 원래는 주말 클래스는 없지만, 혹시나 마음이 있다면 자신의 집에서 가르칠 수 있다는 내용이었다. 없던 클래스를 만들어 주는 선생님의 마음 씀씀이가 너무 고마워서 당장 시작하겠다고 했고, 나는 주소를 받아 토요일 아침, 작은 꽃화분을 사 들고 그녀의 집으로 찾아갔다. 마침 집도 가까워 5분 거리인데다, 내가 그 동네의 성당을 다녀 아주 잘 아는 동네였다.

혹시나 나 혼자라면 좀 미안한데……. 왜냐하면 레슨비가 생각보다 너무 저렴했기 때문에 1 대 1이라면 선생님이 나 때문에 시간을 일부러 내는 건 아닌가 걱정했었는데, 다행히도 두 명의 나이 지긋한 백인 여성들이 더 있었다. 우리는 그렇게 매주 토요일마다 만나 두 시간 동안 그림을 그렸고 작은 담소를 나누었다. 수업에 필요한 재료를 늘 루디가 준비해 주었는데 종이를 하나 가득 주어서 얼마 되지도 않는 레슨비보다 종잇값이 더 들 것 같아 살짝 걱정이 되기도 했다. 수업을 마친 어느 날은 '오늘 날씨가 너무 좋다.'를 서로 이야기하다 모두 함께 달라스 다운타운의

274

페어 파크에서 일 년에 한 번 하는 큰 축제인 스테이트 페어에 가기도 했었다.

또 언젠가는 대학을 다니느라 타 주의 도시에서 공부를 하는 아들이 돌아왔다며 우리에게 인사를 시켰다. 그 훤칠한 아들이 우리 각각에게 악수를 청하며 자기 이름을 말하는 태도가 너무 공손하고 예의가 발라서 인상에 남았다. 재미있게 잘 지내고 잘 배우던 토요일 아침의 한나절이었지만 나는 몇 달 후 대만으로 돌아가 3개월을 살게 되었다 다시 6개월 동안은 캐나다에 살았고, 텍사스에 돌아와서도 전에 살던 곳하고는 2시간이나 떨어진 거리에 사느라 그녀를 찾아볼 생각을 하지 못하고 살았다.

그래도 그녀는 자주 나에게 안부를 묻고는 한다.

그런 사연이 있었구나……. 첫 남편이 언어 폭력에 정신적을 학대를 가했고, 자신은 아이들을 그런 가장으로부터 지키느라 애를 썼던 일련의 이야기를 쓴 것이다. 아마도 주변의 비슷한 일을 겪는 누군가에게 용기를 주느라 그 글을 쓴 것 같았다.

그녀에게서는 어려움을 지나온 사람들 특유의 저력이 조용한 말투에 있었다.

지난 시절은 악몽 같았겠지만 지금은 잘 사니까 괜찮다. 다 이겨 냈으니까.

불안한 가운데에서도 아이를 그렇게 반듯하게 키워 낸 당신은 정말 훌륭하다.

완벽한 인생이란 없다. 하루하루를 견뎌 내며 살아가는 거지, 행복과 사랑이 넘치는 완벽한 세상사란 어디에도 존재하지 않는다는 것을 느낀다.

루디, 괜찮아요, 당신은 어두운 터널을 잘 지나온 승자이니까.

런던의
길고양이

새로운 삶의 형태

   나의 다정한 친구 문득이가 찾아왔다. 문득문득 드는 생각들은 그건 내 삶을 이루는 토양이기도 했다. 오늘의 문득이는 '새로운 삶의 형태'라는 것에 대해 생각해 보게 만들었다. 아들아이가 토론토에서 대학을 마치고 그곳에서 직장을 잡아 살고 있는지가 어언 5년이 넘었다. '가족 하나 없이 얼마나 외로울까.'라고 생각을 자꾸 하게 되는데 정작 본인은 그런 감정 없이 너무너무 잘 지낸다. 대학 생활을 시작하게 되면서부터 같이 살게 된 캐나다인 친구들과도 변함없이 잘 지내고 있기 때문이다. 토론토 다운타운의 하우스 하나를 빌려 셋이 가족처럼 잘 산다. 각자 저마다 다른 직업을 가지고 있고, 요즘은 모두 재택근무인지라 각자의 방 안에서 컴퓨터로 회사 생활과 똑같이 9시에서 5시까지 일한 다음에 모두 함께 모여 운동을 하러 간다고 한다. 걸어서 토론토

호수까지 산책 삼아 다녀올 적도 있고, 함께 마트에 장을 보러 가기도 하고. 하지만 또 먹는 건 각자 먹고 싶은 걸 알아서 해 먹는, 함께이지만 충분히 사생활의 간격이 보장되는 생활을 한다. 저마다 양보하고 배려하다 보니 가족 그 이상으로 잘 지낸다. 외로울 틈이 없다. 거기다 어젯밤에는 키우는 고양이와 함께 찍은 사진을 보내왔는데 난 그 애가 그렇게 행복하게 웃는 모습을 그 어디에서도 본 적이 없는 것 같아 신기하기까지 했었다. 스물다섯 살의 청년이 자신이 좋아하는 일과 마음 맞는 친구들과 귀여운 고양이와 함박웃음을 지은 행복한 얼굴 표정에 내가 더이상 가족 운운해대는 것이 아무 의미도 없을 것이라는 생각을 들게 했다. 그렇게 사는 나의 아들은 이미 충분히 행복했다.

딸아이는 전에 런던 시내에 살던 친구들과는 떨어지기는 했지만, 다시 보금자리를 만든 킹스턴에서의 모든 것 또한 순조롭기 그지없다고 만족해했다. 대학원 수업을 온라인으로 받으며, 새 친구들과 한 시간 걸리는 런던으로 나들이를 간다고 했다. 미국과 포르투칼과 인도, 프랑스에서 온 친구들이라고 했다. 한 집에 사는 룸메이트들과도 저녁 시간이면 함께 음식을 하고 나누어 먹으며 잘 지낸다고 했다. 걱정했던 것처럼 외로우면 어쩌나, 꼭 나처럼 대화가 단절된 생활을 하게 되면 어쩌나 했는데, 나는 그냥 내 걱정만 하는 게 맞는 것 같다. 아이들이 계속 그렇게 살아도 괜찮겠다 싶었다. 적절한 배우자가 나타나면 결혼도 하고, 집도 장만하고, 아이도 낳고 하겠지만, 꼭 그렇게 안 살아도 마음 맞는 친구들과 한 집에 살면 외로움도 해소되고, 또 굳이 나이 되면 결혼해야 한다는 강박관념에 대해서도 좀 더 당당하게 맞설 수 있지 않겠나 싶다. 말하자면 지지고 볶지 않는 삶을 사는 것.

'쉐어 하우스'라는 삶의 형태인데, 결혼을 꼭 해야 한다는 생각에서도 자유로울 수 있고, 돈이 많이 드는 집의 소유에 대한 자유, 외로움으로부터의 자유를 얻을 수 있지 않을까 하는 생각이 든다. 물론 때 되면 좋은 배우자 만나서, 따뜻한 스윗홈을 꾸려가는 것이 더할 나위 없는 최고의 행복이겠지만, 사람의 존재는 참 알 수 없다는 두려움이 들기도 한다. 가끔 내가 전혀 생각지도 못한 직업의 사람이나, 이상한 습관을 가진 사람을 만나면 어떡하지? 하는 걱정을 하게 된다. 살아 보니 사람의 존재는 싱크홀 같다. 한 번 풍덩 하고 빠지게 되면 도저히 구조되기가 쉽지 않은 블랙 싱크홀.

그러니 꼭 젊었을 때 결혼하지 않아도 괜찮다고 말해 주고 싶다. 나이가 훨씬 들어서 결혼을 계획하도록 하고 그전에는 저런 셰어 하우스의 개념으로 자신의 인생을 충분히 즐기길 바라는 마음이다. 아이를 꼭 낳지 않아도 된다고 하고 싶다. 훌륭하게 자식의 본보기 노릇을 못 할 바에야 자식이 없는 인생도 괜찮다고 해 주고 싶다. 자식을 키워 보니 어렸을 때는 어린 대로, 다 크면 큰 대로 노심초사를 한다. 자식 걱정하는 호사는 이미 내가 다 누렸으니 나의 아이들은 그냥 저들의 인생을 새털처럼 가볍게 잘 살았으면 좋겠다. 내가 내 자식들이 늘 안쓰럽듯이 나의 아이들이 자기네 자식들을 또 늘 안쓰러워하며 살게 될까 봐 그것도 미리 걱정이다. 삶은 고행이라는 게 나의 기본적인 생각이다. 어련히 지들이 알아서 잘 살까마는……

✿ 신부님과 수녀님

2010년도 부활절에 나는 천주교 성당에서 세례를 받았다. 아이들은 그럭저럭 말 잘 듣고 학교 생활 잘하는 청소년기였고, 처음 미국을 올 때 목돈을 꽤 많이 가지고 온 덕에 바로 집도 사고, 비즈니스를 두 개나 운영하며 살았지만 정신적으로 버겁고 메마르기 그지없었다. 좀 더 인간적으로 살겠다고 내 발로 동네의 미국 성당 안의 한국인 신도 모임을 찾아가서 일 년 동안 성경 공부를 마친 후에 세례를 받게 된 것이었다. 그때 나를 지도해 주셨던 분은 원래 신부이셨다가 파계하시고 그냥 평신도가 되신 연세 많으신 최 선생님이셨다. 나는 그분을 어느 땐 선생님이라고 했다가 어느 땐 신부님이라고 불렀었는데, 그분은 그렇게 선생님과 신부님 어느 경계 사이에 존재하시는 분이셨다. 오래전 교구와의 마찰이 있으셔서 신부복을 벗게 되셨고 또 결혼을 늦은 나이에 하셨는데 부인도 한때 수녀님이셨던 분이었다. 물론 이 두 분은 과거에 성직자이셨다는 공통점이 있었고, 아는 분의 소개로 만나 결혼하셨지만 많은 사람들은 이분들이 눈이 맞아 각각 사제와 수녀의 옷을 벗고 사랑의 도피 행각을 벌인 걸로 험담하기를 좋아했다. 그게 사실이 아닌 걸 알면서도 그렇게 믿고 싶어 했다. 나는 "그분들은 그런 로맨스 파파 마마가 아니에요." 라고 말했지만 이것도 어언 40여 년이나 지난 과거지사가 되었다. 일요일 아침마다 미국인들과 함께 미사를 보고 다시 작은 교실에 모여 한국인 열 명 남짓이 모여 기도와 친교를 가진 후, 한 시간씩 성경 공부를 시켜 주셨다.

최 선생님은 존경스러울 정도로 좋은 분이셨다. 나는 이분의 학생으로 지낸 일 년 동안이 무척 행복했었다. 선생님은 다시 태어난다면, 다시 예전으로 돌아간다면 신부로서 소명을 다 마치고 싶다고. 사제로서 온 생을 살아가고 싶으시다고 말씀을 하셨다. 그분은 비록 사제의 옷을 벗으셨지만 마음은 여전히 신부님이셨던 것이다. 그 사람의 사정을 모르고 함부로 돌을 던지고 하던 사람들도 많았겠지만 모든 것에는 다 시간이 약이다. 그분들은 일반 시민으로 아주 모범적으로 잘 사셨다. 신부님이셨던 분이, 수녀님이셨던 분이 나에게 성경 지도를 해 주시고, 인생의 선배로서 좋은 말씀을 많이 해 주시는 시간들이 나는 참 좋았었다. 한국에서 한 번 실패했던 세례 고시를 이번에는 실패하지 않고 세례까지 잘 받았고 많은 사람들의 축복도 받았지만 나는 다시 나일롱 신자가 되었다. 과연 신이 존재하는 건지, 종교를 믿어야 하는 건지 살면서 자꾸 헷갈려 하는 것은 내 믿음이 부족해서였다. 그래도 나는 여행지에서는 일요일 아침마다 인근의 성당 미사에 꼭 참석하려고 애를 쓰곤 한다. 아들과 함께 여행을 갔었던 몬트리올에서도 혼자 일찍 일어나 호텔 근처에 있던 퀸 메리 대성당(Mary, Queen of the World Cathedral)에 가서 미사를 드렸고, 뉴욕에 머무를 때에도 일요일마다 꼬박꼬박 맨해튼의 세인트 패트릭 성당(St. Patrick′s cathedral)에서도 미사를 드렸다. 런던의 세인트 폴 대성당(St. Paul′s Cathedral) 앞에서 수많은 시간을 서성거렸는데, 여행할 때만 하느님께 무릎을 꿇는 나일롱 신자가 확실하다. 귀한 배움을 받고도 날라리일 수밖에 없는 나. 이를 어찌해야 하는지.

고양이의 묘생, 사람의 인생

　온라인 커뮤니티의 글을 읽다가 길고양이들에게 밥을 주는 것이 불법이라는 것을 알게 되었다. 그 순간 가슴이 저릿저릿해졌다. 당장 그 애들이 밥을 굶는 것도 아닌데. 내가 만약 밥을 못 주는 상황이 생겨난다면, 누군가 이웃들이 컴플레인을 하게 된다면, 살아오면서 남에게 원망들을 일을 한 적 없이 살아온 내가 밥 달라고 찾아오는 고양이들 때문에 욕을 먹을 수도 있다는 생각이 미치자 기분이 절로 가라앉는다. 그런 사람들에게는 내가 얼마나 꼴 보기 싫은 인간이겠는가? 그리고 내가 배가 고프지 말라고 주는 아이들의 밥이 그 아이들을 더 나쁜 상황으로 몰고 갈 수도 있다는 것을 알게 되자 심한 불편함이 몰려왔다. 그냥 내가 편하자고, 내 마음 기쁘자고, 순전히 내 만족에 빠져, 그리고 좋은 일을 하고 있을지도 모른다는 착각에 빠진 것이 아닌가 하는 자책이 되었다. 가여운 아이들을 돕는 것이 정말 돕는 것이 아님을 깨닫고는 걱정이 밀려왔다. 시골이나 대자연 속에 사는 들고양이들은 먹잇감을 사냥을 하지만, 도심 주택가의 고양이들은 사냥거리가 당연히 없으므로 배가 고프면 흙을 파먹는다고 한다. 어휴…… 괜한 것을 알게 되어 더 가슴이 아프다. 이제 밥을 주어도 좋다고 신나서 줄게 아니라 눈치 보며 몰래몰래 주어야겠다는 생각이 든다. 고양이들이 더이상 내게서 밥을 얻지 못해 흙을 파먹는다고 생각하니 우울해진다. 참 어떤 사람들의 인생도 가엽지만, 고양이들의 묘생도 더없이 가엽다. 묘생이나, 인생이나……. 모두가 잘 살 수는 없는 것일까? 인간도, 동물도, 어쩌면 생명이 없는 사물마저……. 모두 소중하게 여기고 아껴야 하는 건데, 나 역시도 종이 한 장 아끼는 것도 쉽지가 않다.

내가 어떻게 해야 좀 더 고양이들에게 나은 삶을 살게 하는 것이고, 주변 사람들에게 폐를 끼치지 않는 것인지 천천히 생각을 해 봐야겠다. 나로 인해 야생력을 상실치 않는 고양이 본연의 생을 살기를 바라고, 또 나로 인해 이 동네 주민들이 피해를 보지 않기를 바랄 뿐이다. 아무래도 다같이 잘 산다는 것은 욕심이고 환상뿐인 것 같다.

고양아, 눈치 보지 마

대략 열세 마리쯤의 길고양이들의 밥을 매일 주다 보니 각각의 성격이 다 다르다는 것을 알게 되었다. 그중 유난히 신경 쓰이는 아이는 볼 적마다 구석에서 쭈그리고 있는 아이이다. 구슬처럼 투명한 초록빛의 눈을 가져서 '초롱'이라고 부른다. 초롱이는 너무 얌전해서 그런지 좀 우울해 보이고, 늘 숨기에 급급하다. 밥은 먹고 싶고 그러면서 또 품위는 지키려고 하니 늘 다른 아이들보다 밥을 적게 먹는 것 같아 마음이 쓰인다. 아이들이 올망졸망 모여 밥통에 머리를 박고 있으면 일부러 "초롱아, 초롱이 어디 있니? 초롱이도 밥 먹자!"라고 하며 이리저리 살펴보면 늘 구석에서 눈치를 보고 있다. 이 조용한 아이가 보이지 않으면 또 신경이 쓰인다. 내가 주는 밥도 제대로 못 챙겨 먹는 아이가 어디에서 밥을 얻어먹겠는가? 큰 고양이와 새끼 고양이들은 밤마다 우리 집 현관 앞에서 파티를 벌인다. 셋을 먹이고 났더니 새끼 두 마리가 뒤늦게 나타나 앙앙대어서 밥을 놓아주면 먼저 먹은 애들도 먹겠다고 다시 덤벼든다. 그러면 또 새끼들은 밥을 뺏겨서 앙앙대는데다 이번엔 다시 두 마리가 또 합세한다. 밥을 새로 놓으면 또 먼저 있던 덩치 큰 애들이 자리 잡고 다시 식사를 시작하신다. 머리까지 콩콩 박으며 '네들은 좀 그만 먹지?'라고 하지만 알아들을 리가 없다. 밥 앞에 양보가 없는 아이들이다. 그 난장이 좀 가라앉고 지들끼리 놀고 있는 모습을 창으로 보고 있자니 초롱이는 새끼들을 품에 안고 핥고 있었다. 그러니까 초롱이가 그 새끼들을 낳은 어미였고 여기로 아기들을 데려온 것이다. 밥은 먹여 주겠지 싶어서……. 새끼들을 품에 안고 있는 모습은 눈치 보고 주눅들어 보이지 않고 그냥 엄마 그 자체였다. 자기 새끼들을 내 집 앞에 데려다 놓고 아침과 저녁을 해결하게 하는 게 미안해서 그랬던 걸까? 또 새끼들이 밥을 먹는 동안은 옆에서 가만히 앉아 있을 뿐 함께 먹으려고 하질 않는다. 그게 어미 고양이들의 특징이라는 걸 저쪽 하수구 구멍에 사는 턱시도 도도냥을 보고 알았다. 그 애도 자기 새끼들이 밥을 먹을 땐 함께 먹지를 않고 옆에 앉아만 있는 것이었다. 초롱이를 볼 적마다 마음이 싸해진다. 가느다란 통증이 느껴진다. 사람은 아니지만 사람 같은 감정을 가진 들짐승이 하는 모양이 자꾸만 마음을 아프게 한다. 그냥 눈치 보지 말고 다른 아이들처럼 악착같이 달려들어 먹고 또 먹고 해도 되는데, 이런 걸 대체 누가 가르쳐 주었을까? 타고난 성향인 걸까? 내성적이고 눈치를 보는 길 고양이라니…….

침묵 테라피,
외로워서 행복하다

나 스스로는 어떤 사람인가에 대해 생각을 해 보고 정의를 내려 보자니 일단은 지극히 평범하다는 사실밖에 떠오르지 않는다. 그다음은 인간관계가 거의 없으며 말이 없다. 말을 꼭 해야 할 상황에서도 되도록이면 말을 하지 않게 되었다. 실없는 인간 노릇을 더이상 하지 않게 되었다. 사람들에게 권하고 싶다. 침묵 테라피를. '입을 다물라, 말을 더 이상 하지 말고 그냥 입을 다물라.'라고. 나의 관한 정체성은 '말 없는 여자'가 맞을 것이다. 평범하고 말 없는 여자, 외로운 게 훨씬 편안한 여자.

남편의 일로 인해 순 백인들만 모여 있는 파티에 초대되어 갈 일이 많은데, 안 간다고 하면 남편의 입장이 곤란해지니 함께 동석을 한다 하지만 그곳의 어떤 사람들과도 함께 나눌 대화의 소재가 없는 나는 그냥 소파에 앉아 마침 티브이가 켜져 있으면 그것을 열심히 보고, 그게 없으면 테이블 위에 놓여 있는 잡지 혹은 폰을 들여다보다가 음식을 열심히 먹기도 한다. 그러다 보면 그런 내가 안쓰러운 건지 꼭 내 곁에 다가와 말을 붙이고 함께 앉아 이 얘기 저 얘기하게 되는 사람들이 있다. 혹은 말을 나누지 않아도 그냥 내가 앉아 있는 쪽으로 와서 함께 앉아 있는 사람이 있고는 한다. 나는 하나도 불편하지 않은데, 그들이 내가 그렇게 홀로 떠 있는 섬처럼 그들 사이에서 외로움을 느낄까 봐 그러는 걸 안다. 하지만 나는 괜찮다. 어차피 나는 그들과 같은 인종도 아니고, 그들처럼 영어가 내 모국어도 아니고 또 그들처럼 사냥이나 슈팅을 좋아하는 것도 아니다. 그들처럼 아주 큰 회사를 경영하거나 어마어마한 투자가 일상인 부자도 아니기에 어차피 나눌 이야기가 없는 것을 나는 아주 당연하게 생각한다.

강아지 이야기를 조금 하다가, 아이들이 캐나다와 영국에서 무얼 하고 있는지를 조금 이야기하다가 곧 대화는 뚝 끊긴다. 자기 집에 꼭 오라고 하는 낸시의 저 신신당부가 정말인지, 저게 진심이라면 정말 내가 남의 집에서 일박 이일로 불편함을 겪어야 하는지를 나중에 남편에게 물어보면, 낸시는 술 먹고 하는 주사가 그것이라고, 자기가 무슨 말을 했는지 기억도 못 한다고 했다. 어쩐지 내 얼굴을 두 손으로 받쳐가며 "너는 어쩌면 이렇게도 예쁘게 생겼냐."라고 하더라니. 내 얼굴이 그렇게 감탄사까지 연발할 정도는 아니라는 것을 너무 잘 알고 있다. 아무튼 나는 여기저기에서도 늘 떠돌고 겉도는 존재인데, 이 쓸쓸한 느낌은 가슴을 저릿하게 하면서 어떤 안도감과 행복감마저 느끼게 한다. 내가 외로워서 다른 것으로 보상을 받는다면 나는 얼마든지 외로움의 저주를 감당하리라.

내가 말이 없는 것은 이 말, 저 말이 하기 싫어서이다. 말을 하는 게 좀 귀찮다. 거기에 감정의 무게까지 실리고, 감정이 낭비되는 게 그렇게 아까울 수가 없다. 주고받는 말 중에는 상처받는 말들이 더 많다. 언제부터인가 나는 내가 하는 말에 대해서 극도로 조심을 하게 되었다. 한 번 내뱉으면 수습이 안 되고, 말수만 조금 줄여도 세상의 나쁜 일은 그렇게 많지 않을 것이라고 생각한다. 그리고 확실히 어떤 말들도 내 입에서 나오는 순간부터 날개를 달고 천리만리 밖까지 훨훨 날아다닌다는 것을 알게 된 후로는 '말' 자체가 싫어졌다. 누군가와 소통을 한다는 것에 대한 회의감과 사람과의 관계도 가까우면 너무 불편하지 않을까 하는 생각을 하게 된다. 고립이나 고독을 자주 하다 보니 이제는 습관이 되어 버렸다. 외로움과 아주 친하게 지내고 있다. 이것도 나쁘지는 않다.

강원도의 할머니들에게서 얻은 깨달음

　나는 텔레비전 프로그램을 잘 못 본다. 드라마도 그렇고 오락 프로는 더군다나 더 그런데, 딱 몇 가지 재미있게 정신이 홀린 듯 본 것들 중에 하나가 〈어쩌다 사장〉이란 프로이다. 배우들이 강원도 산골 동네에서 슈퍼마켓을 꾸려 가며 주민과 소통을 하는 내용인데 내가 이것을 재미있게 본 이유는 막연히 시골 동네에서 작은 가게를 하면 참 남부러울 것 없고 뭔가 행복하겠다는 동경 때문이다. 눈에 보이는 것은 모두 아름답고 평화로운 시골 풍경에 사람들도 그 풍경처럼 마음씨 좋고 여유로울 것만 같다는 상상이 들어서이다. 그 중에서도 인상적이었고 나에게 가슴 뭉클한 큰 감동을 준 장면이 있었다.

동네 할머니 세 분이 티키타카를 하면서 미역국과 과자를 안주로 소주를 드시는 장면이 있었다. "인생 뭐 있냐? …… 내일은 소맥하자! 그래, 그러지 뭐~." 받을 거 다 받아야지 하시면서 돈 내시고 가게를 나서는 세 할머니의 모습을 보고, 나는 뭉클해졌고, 순간 큰 깨달음을 얻었다. 요즘의 나는 나이는 나이대로 다 먹었고, 더불어 남편은 곧 은퇴를 하게 되고, 아이들은 다 커서 다 각자 자기네들이 좋아하는 나라에서, 자기네들이 좋아하는 일을 하며 살아서 더 이상 부모의 보살핌 같은 건 필요 없게 되었다. 너무 평범하게 살아서 내 삶의 의미와 가치 같은 건 눈을 씻고 찾아보려고 해도 없는, 허무하기 짝이 없는 나날들 속에 아주 조용하고 얌전한 무기력과 우울감 속에서 허우적거리고 있었다. 길을 잃어버린 것 같은. 뭐 이렇게 쓸모없는 인생, 반짝임이 1도 없는 인생이 다 있냐……. 내 무능력을 탓하면서. 그런데 그 할머니들 보고 '아, 인생은 저런 것이구나…….' 하고 탁! 느꼈다. '나도 곧 저분들처럼 된다. 저렇게 살면 된다. 소박하고 순박하게, 위대하고 찬란하게 사는 인생이 몇이나 있을까? 그럼에도 불구하고 우리는 매일매일 같은 일상을 반복하며 주어진 삶에 최선을 다하면 그것으로 된 거다. 난 50대 중반이지만, 산다는 건 결국 늙어 가기 위해서, 죽음을 위해서 달려 가는 거구나…….'란 생각이 들었다. 그 할머니들은 진실로 행복해 보였다. 너무도 부러울 만치. 요즘 허무병을 앓아 대는 나에게 어떤 충고나 가르침을 주기 위해 그 할머니들이 화면 속에 나오신 것만 같았다. 저 할머니들처럼 만 살면 된다. 어떤 욕심이나 욕망도 다 필요 없다. 마치 인생의 해답을 얻은 느낌이었다. 내 인생을 너무 구박하지 않기로 마음먹었다. 작은 것을 사랑하고 감사하며 살자는 마음이 다시 들었다. 오랫동안 이 할머니들의 모습을 기억할 것 같다. 할머니들에게서 내 미래를 보았고 답을 얻었다.

나와 내 가족이 오래전 서울에서 설악산을 가기 위해 거기를 지나쳤을지도 모르겠다. 박수근 미술관이 있는 양구에 들렀으니 당연히 그곳을 지나쳤을 것만 같다. 텔레비전 속의 그 동네 사람들은 한결같이 정갈하고, 깔끔하면서 예의도 바르고 정겨움이 있어 보였다. 난 서울에서 태어나고 자라 지방을 가 본 게 손으로 꼽을 정도이지만, 그 동네는 유난히 사람들이 주는 느낌이 좋다. 어르신들도 다들 경우 바르시고, 그래서 이다음에 한국에 살게 되면 거기에 살아보고 싶은 생각이 들 정도이다. 강원도는 역시 나에게는 하나의 환상이다. 내가 도달할 수 없는 아름다운 미지의 세상 같다는 생각을 늘 하곤 한다.

아버지의 선물

　아버지는 무심코 이렇게 말씀하셨다. "그 안에 향수 하나 넣었다." 크리스마스 이브였다. 나는 그게 이름난 명품이고 값비싼 것이라는 것보다 85세의 등 굽은 백발의 아버지가 55세의 딸에게 줄 선물을 사기 위해 백화점에 가셨을 생각을 하니 가슴이 뭉클해졌다. 연로하신 아버지로부터 받는 선물은 진짜 바라지도 않았는데. 크리스마스가 뭐라고 나이 많이 먹은 딸을 위해 손수 운전을 하시고 그 복잡한 백화점을 다녀오시는지. 무언가를 해 주고 싶으셨을 마음인 아버지를 충분히 이해를 하지만 이제 너무 쇠약해지셔서 그냥 서 계시기만 해도 위태로워 보이신다. 다른 분들은 그 연세에 주변 사람들의 선물 같은 건 챙기지도 않으시건만 우리 아버지는 모든 손주들의 생일 때마다 선물과 카드를 꼭 보내 주신다. 이제 아버지는 그냥 거기 계시는 것만으로도 선물 같으신 존재이다. 생각해 보면 아버지는 늘 내게 최고의 것들을 해 주셨다. 분명 최고의 아버지 노릇을 위해 노력을 많이 하셨다. 이젠 그만 하셔도 된다고, 앞으로는 제가 해 드리는 것만 남았다고 말씀드리고 싶다.

토론토의 내 아들과 통화를 하신 아버지가 아이가 거기가 엄청 춥다고 했다며 코트를 들고 나오셨다. "이건 내가 오래전에 런던의 해로드 백화점에서 산 건데 보내 주렴. 추운데 이거 입고 따뜻하게 지내야지." 스코틀랜드산 모직 코트는 정말 고급지고 멋져 보였다. 그래도 간직하고 계시라고 하니 미국에서 이걸 입을 일이 없다고 하셨다.

내가 토론토에서 추운 겨울날을 보내고 있을 때 아버지는 코트를 보내오셨다. 엄마가 한국에서 입으시던 밍크 코트였다. 무게도 엄청나게 나가는 것을 내가 춥게 다닐까 그걸 보내 주신 것이다. 언젠가 대만에서도 밍크 코트를 들고 공항에 나타나신 적도 있으셨다. 추운데 그거 입으라고. 아버지는 아버지의 딸이나 손자가 춥게 지낼까 늘 진진긍긍을 하신 것이다.

오래전 아버지는 로마 거리를 걸으시다가 집시한테서 사셨다는 터키석이 박힌 귀걸이를 주머니에서 꺼내 주셨다. 그걸 본 엄마가 "아니 당신은 무슨 콩쥐 애비도 아니고…… 뭘 그렇게 딸내미 줄 게 자꾸 나와?" 하면서 놀리셨던 기억이 난다. 그 이후로 터키석은 그냥 흔한 돌덩어리가 아니라 아버지의 사랑이 묻어나는 파란색 보석이 되었다.

초등학교 6학년 나의 생일날, 아버지는 나에게 생일 선물로 김소월 시집과 피천득의 인연이란 수필집을 선물로 주셨다. 작은 오빠에게 학교에서 집으로 돌아오는 길에 서점에 들러 사 가지고 오라고 하셨는데, 오빠는 "네가 이걸 사 달라고 했냐?"라고 핀잔하듯 물어 와서 나는 무슨 뚱딴지 같은 소리냐고 했다. 나는 그런 것들에 대해 생각을 해 본 적이 단 한 번도 없었고 초등학교 6학년짜리에게 하는 선물치고는 너무 거한 것이기도 해서 좀 황당하기도 했기 때문이다. 그런 어려운 책들보다는 〈캔디〉나 〈올훼스의 창〉 같은 만화 책을 목하 탐독하던 시절이었다. 그래도 얼마 안 가 나는 소월의 시 몇 개를 외울 수 있게 되었고 피천득의 수필집은 정말 따뜻하고 좋았다. 한참 세월이 지난 후에야 나는 아버지가 내가 문학인이 되어 주었음 하는 바람이 있으셨다는 걸 알게 되었다. 어쩌면 아버지의 바람이 더 옳았던 것일지도 모른다는 생각은 또 아주 오랜 세월이 흘러서야 하게 되었다.

아버지는 아버지로서 최선을 다하셨다. 그런 아버지가 혹시 자식들에게 너무 받은 것이 없어서 섭섭하지는 않으실지 걱정이 되기도 한다. 그야말로 아낌없이 주는 나무가 바로 내 아버지이셨다. 부모가 열 자식을 키울 수는 있어도 열 자식이 한 부모는 섬기기 어렵다는 말을 실감한다. 이제는 자식인 내가 아버지께 선물을 드려야 하지 않나 하는 생각을 하는데 여전히 아버지가 주시는 게 더 많다. 그래서 나도 아이들에게 자꾸만 무얼 주게 된다. 아버지가 주신 많은 것들이 내가 살아가는 데 힘이 되었듯 내 아이들의 인생에도 나의 어미 노릇이 힘이 되기를 바랄 뿐이다. 아버지는 내게 끝없는 부모 노릇이라는 사랑을 선물로 주신 것이다.

인생, 마법의 시간

인생은 마치 마법과도 같다. 내가 살아 보니 그렇다. 그 시간을 살고 있을 때는 그런 줄을 몰랐는데 지나고 보니 매 순간 기적이 아니고 마법이 아닌 적이 없었다는 생각이 든다. 즐겁고 행복한 시간이 있었던 반면에 실망하고 아프고 슬픈 시간도 당연히 있었다. 삶은 늘 행운과 불운 사이를 어지럽게 오가는 듯했지만 그래도 지나고 보니 참 여러가지로 다행이었다. 너무 잘나지 않아서, 너무 똑똑하지 않아서. 나는 그냥 좀 모자란 나 자신을 즐기고 사랑하기로 했다. 실패를 너무 많이 해서 주눅이 잔뜩 들어 있지만 이마저도 나의 모습이다. 살면서 느끼는 건 타인을 존중하고 사랑하는 것보다 나 자신을 사랑하고 아끼는 것이 더 힘들다는 것이다. 그저 내가 잘하는 것은 지극히 평범하고 지극히 온순하고 지극히 조용하게 살아가는 것. 마치 까치발을 들고 걸어

300

다니는 것처럼 나는 앞으로도 그렇게 조용하고 외톨스럽게 살아갈 것이다.

그리고 이제는 소중한 나의 일부가 되어 버린 여러 나라의 여러 도시들, 토론토는 아들이 선택하고 20대의 치열한 시간을 보내는 곳이라서. 런던은 딸아이가 거기에서 공부를 하고 일을 하고 사랑하며 살고 있으니, 타이베이는 나에게는 제2의 고향 같은 곳이라 늘 그립고 궁금한 곳이라서. 달라스는 현재를 살고 있는 곳이고, 서울은 내가 태어나고 자란 곳이니 나는 여전히 '서울 사람'이기에. 내 인생의 꽃들이 피어났던 도시들의 이야기를 할 수 있어서 참 좋다.

오늘도, 내일도 나는 나이든 남편의 건강을 챙기고, 연로하신 내 아버지를 돌보고, 강아지와 길고양이들에게 맛있는 밥을 주고, 멀리 사는 내 아이들의 의지가 되어 주고, 나의 도움이 필요한 사람들에게 위안을 주면서, 내 집의 안팎을 정리정돈해 가면서, 이렇게 살아갈 것이다. 나의 단 하나뿐인 인생이니까. 나의 마법의 시간이니까. 이렇게 착하고 조용하게 살아갈 수 있어서 참 다행이다.

꽃들이 활짝 피어났다. 이 계절이 오면 나는 늘 시 한 구절을 중얼거린다. '벌판 한복판에 꽃나무 하나가 있소…… 꽃나무는 제가 생각하는 꽃나무에게 달려갈 수가 없소……. 이상의 '꽃나무'인데 나는 이 시가 좋고 꽃나무만 보면 이 시를 떠올리게 된다. 이맘때의 달라스는 너무나도 예뻐서 가슴이 다 설레일 정도이다. 꽃 대궐 안에서 나도 예뻐지는 것 같고 세상이 아름답게 느껴진다. 저마다 예쁜 색감과 자태를 뽐내는 꽃나무 아래에서 나는 자꾸만 서성이게 된다. 그냥 꽃이 좋아서. 어젯밤에도 강아지들과 산책을 하면서 동네의 꽃나무들을 구경하다 한참 늦은 시간이 되어 버리고 말았다. 멀리에서는 나를 몰래 따라온 길고양이 '발라리'가 오도카니 서서 우리를 바라보고 있었다. 밥을 주러 갈 적마다 경쾌하고 발랄하게 뛰어오는 아이라 '발랄이'라고 이름을 붙여 주었다. 동네 공원을 한 바퀴 돌아 집으로 오는 길엔 그 녀석이 지키고 있다가 졸졸 따라온다. "우리 집에 갈 거니?

그럼 어여 와"라고 말하며 뒤를 돌아보면 아이는 딱 그 자리에 서 버리고 만다. 마치 무궁화꽃 놀이를 하는 것 같다. 꽤 먼 거리를 이만큼 왔다가 다시 또 저만큼 갔다가를 반복하다 보면 어느새 어두워진 밤이다. 자꾸만 따라오는 아이를 집에 들여야 하는가를 매일 고민하게 된다. 개 네 마리에 고양이 한 마리 더? 하지만 이 아이는 똑같이 생긴 세 남매가 서로 의지해 가면서 하수구 구멍을 스윗홈 삼아 살고 있다. 꽃들이 흐드러지고 봄의 향기가 가득한 황혼 속에서 나는 작은 고양이 한 마리와 "올 거야? 갈 거야? 잘 갈 수 있어? 그냥 우리 집에 갈래? 너 우리랑 살 거야? 우리 강아지들과 잘 지낼 수 있겠어?" 어쩌고 저쩌고 …… 알아듣는지 마는지. 혹시 밥을 챙겨 주는 것에 대한 배웅이었을까? 아니면 우리가 어디에서 사는지가 궁금했을까? 그도 아님 그냥 심심해서 따라오는 걸까? 통 알 수가 없다. 조금 더 많이 따라오면 집으로 데려와야지 어쩌겠는가……라고 생각하지만 조만간 동물원이 될 집을 생각하니 걱정이 앞서는 것이 또 사실이다.

토론토에 사는 아들에게 여전히 추운 날씨 속에서 지내는 게 지루하고 힘들면 여자 친구와 함께 달라스를 다녀가라고 했다. 따뜻한 플로리다에 데려다 줄게. 멋진 호텔도 쏘고, 맛있는 밥도, 멋진 추억도 다 쏠게. 팬데믹 때문에 3년 동안 아들을 보지 못 했다. 나는 아들의 여자 친구가 너무 고맙다. 인종과 성장 배경이 다름에도 불구하고 내 아들과 사랑을 나누고, 함께 음식을 해 먹고, 함께 일하고, 함께 아름다운 청춘의 한 자락을 보내 준다는 사실이 정말 고맙기 이를 데 없다. 사람은 사랑하는 사람 단 한 사람만 있어도 세상을 살아갈 수 있는 용기를 얻는 법이다. 소중한 그 애들의 사랑을 잘 지켜 주고 싶다.

새벽마다 잠을 깨어 혹시 전쟁이 끝났다는 소식이 없나 노트북을 펼치고 살펴본다. 전쟁이 난 지도 벌써 한 달이 넘었다. 처음엔 안타깝고 가슴이 아파 우크라이나 사람들과 거기에 남겨진 동물들을 위해 기부와 기도를 하였었는데 이제는 관심으로부터 서서히 밀려나고 있다. 언제부터인가는 더 이상 톱 뉴스도 아니다. 전쟁은 노인들의 탐욕 때문에 젊은이들이 희생당하는 거라고 한다. 젊은이들이 꽃나무 그늘 아래에서 연애를 해야지 왜 그들이 총을 쏘고 대포를 끌고 다니게 하는가. 어서 이 비극이 끝났으면 좋겠다. 모두가 이 아름다운 계절을 누릴 수 있기를 간절히 바란다.